Lydie Salvayre a écrit douze romans traduits dans une vingtaine de langues. Elle a obtenu le prix Hermès du premier roman pour *La Déclaration*, le prix Novembre (aujourd'hui prix Décembre) et le prix du Meilleur Livre de l'année pour *La Compagnie des spectres*, le prix François-Billetdoux pour *B. W.*, et le prix Goncourt pour *Pas pleurer*.

Lydie Salvayre

TOUT HOMME EST UNE NUIT

ROMAN

Éditions du Seuil

Extraction de la pierre de folie d'Alejandra Pizarnik,
traduction de Jacques Ancet.
© Ypsilon Éditeur, 2013

TEXTE INTÉGRAL

ISBN 978-2-7578-7176-8
(ISBN 978-2-02-117370-3, 1ʳᵉ publication)

© Éditions du Seuil, 2017

Le Code de la propriété intellectuelle interdit les copies ou reproductions destinées à une utilisation collective. Toute représentation ou reproduction intégrale ou partielle faite par quelque procédé que ce soit, sans le consentement de l'auteur ou de ses ayants cause, est illicite et constitue une contrefaçon sanctionnée par les articles L. 335-2 et suivants du Code de la propriété intellectuelle.

La nuit a la forme d'un cri de loup.
Alejandra Pizarnik

Plus jamais ! C'est l'injonction que je me fis en traversant au pas de gymnastique le village où je pensais trouver le repos, sans bien savoir si cette injonction relevait du dépit, de la colère, ou d'une combinaison des deux. Je n'y remettrai plus jamais les pieds !
Mais arrivé chez moi, dans ce qui me tenait lieu de chez-moi, j'essayai de réfléchir posément à l'accueil assez frais que m'avaient réservé les clients du Café des Sports (mes pensées fonctionnaient toujours à retardement). Et comme je ne voulais à aucun prix que mon séjour ici commençât par une défaite, je minimisai la gravité de ma mésaventure et m'en fis le seul responsable.
Je me dis que je n'aurais jamais dû entrer aussi légèrement dans ce café, qu'entrer dans ce café exigeait peut-être je ne sais quels laissez-passer préalables, je ne sais quelles autorisations plus ou moins tacites que, par ignorance, j'avais enfreints. Je me dis aussi que quelque chose, dans mes façons et mon maintien, avait probablement déconcerté ces hommes.

Le fait est que, dès que j'eus poussé la porte, je perçus dans la salle un mouvement de surprise suivi, sitôt après, d'une réaction de méfiance qui figea les visages.
Je dis Bonjour. Nul ne me répondit.
Mon instinct me commanda de faire aussitôt demi-tour et je faillis céder à cette intimation. Mais je me ravisai et, faisant un violent effort sur moi-même, je m'approchai du zinc et demandai Un café s'il vous plaît. Je l'avalai d'un trait sous l'œil soupçonneux des buveurs qui s'étaient arrêtés de parler et surveillaient chacun de mes gestes comme si j'allais sortir un revolver de ma poche, puis je gagnai précipitamment la sortie, dix regards plantés dans mon dos.
Une fois dans la rue, je me retins de courir.

Il aurait pu au moins se présenter, dit Marcelin qui trônait, magistral, derrière son comptoir. Tous les nouveaux ont cette politesse.
On sait rien de lui, on sait même pas son nom, on sait pas d'où il vient, dit Dédé.
Il boit pas d'alcool, c'est un indice, dit Émile.
Ça m'a pas échappé, dit Étienne.
Il a parlé à personne, pourquoi ? dit Gérard.
Oui pourquoi ? dit Dédé.
Il a l'air complètement égaré, dit Gérard.

Comme je gravissais, le lendemain, les marches qui mènent à la Grand-Place, j'aperçus devant moi une vieille femme qui semblait peiner en portant son panier. Je pressai le pas, m'approchai d'elle

et tendis mon bras pour lui offrir mon aide. En me voyant la main prête à saisir son panier, la vieille femme poussa un hurlement d'effroi. Je cherchai aussitôt à être rassurant, Excusez-moi madame je voulais simplement vous aider, mais elle conserva son visage d'effroi, le même visage d'effroi que celui de Lucile lorsqu'on lui annonça ma maladie. J'étais sans doute trop jeune pour avoir cette expérience des grands voyageurs qui savent immédiatement ce qu'il convient de dire pour se faire accepter des natifs, mais je ne désespérais pas d'apprendre et j'en avais l'âpre, la tenace, l'impérieuse volonté. Vivre en Provence était un vieux rêve d'enfance que la maladie m'avait permis d'exaucer. Et lorsque le médecin m'apprit que mes soins pouvaient m'être dispensés dans la ville de Barogne, l'idée me vint de m'installer dans un village proche.
J'y habitais depuis huit jours. J'espérais m'y faire une place. J'avais ce sentiment que si ma vie devait être brève, je la voulais sinon heureuse (je savais confusément que je ne parviendrais jamais au bonheur, je ne me donnais pas ce droit, un cœur trop remuant et trop à vif m'en empêchait), tout du moins adoucie.

Est-ce qu'il a un métier ? demanda Étienne.
Pas à ma connaissance, dit Dédé.
Il a pas les mains d'un travailleur, dit Étienne.
Il a des mains de gonzesse, dit Émile.
Jusqu'à plus ample informé, il se roule les pouces, dit Marcelin en remplissant les verres.
Ça m'en a tout l'air, dit Émile

Moi je pense qu'il a quelque chose à cacher, dit Dédé.
Parce que tu penses, toi, maintenant ? dit Marcelin, taquin.

La maladie m'avait pris de court.
Il n'avait jamais été dans mes intentions de mourir jusqu'à ce jour de juin 2014 où la maladie se pointa en invitée surprise et se précipita sur moi.
Sur le coup je ne ressentis rien, ne pensai rien, n'exprimai rien. Puis je coulai dans le chagrin en essayant de m'agripper à ses murs verticaux. Puis je sombrai dans une sorte d'hébétude. Puis je gisai dans une morne léthargie. Puis j'y stagnai, longtemps.
Un psychiatre mystique, rencontré fortuitement trois jours après qu'on m'eut appris le diagnostic, m'expliqua de cet air pénétré qu'ont souvent ces savants que l'épreuve me serait d'un très salutaire recentrement (il avait appuyé sur les quatre syllabes du mot recentrement, puis s'était enfoncé dans un silence astral afin probablement de mieux communiquer avec l'invisible et me laisser aller à mes sombres pensées).

Il est pas très causant le nouveau, dit Dédé.
Pas liant du tout, dit Étienne.
Oui, pourquoi qu'il parle à personne ? dit Émile.
Qu'est-ce qu'on lui a fait ? dit Étienne.
C'est louche, dit Dédé.

Or cette sublime prophétie fut loin de s'accomplir. Et le temps cruellement abrégé qui me restait à vivre (car je croyais alors toucher au terme de ma vie), ce délai qui m'était accordé où j'aurais dû atteindre à la paix intérieure s'avéra franchement déplorable.

Au lieu du recentrement prédit, au lieu du calme souverain auquel atteint le sage dont pas un cil ne bouge lorsqu'on lui plante un Beretta sur la tempe, l'annonce de la maladie me jeta dans un vagabondage de l'esprit, dans un désemparement, un affairement et une dispersion, aussi épuisants que stériles.

Et s'il m'arrivait quelquefois de me recentrer sur moi-même, ce n'était en vérité, je l'avoue, que pour m'occuper de mon transit intestinal ou de mon fonctionnement hépatique, bref de mon désolant corps de viande, de ma pauvre barbaque.

J'aurais aimé, devant ce revers de ma vie que j'affrontais sans l'aide de Dieu, lequel m'avait toujours tenu à distance respectable, j'aurais aimé avoir une attitude digne, j'aurais aimé réussir ma sortie et traiter la mort importune à l'instar de Socrate, l'âme sereine, le cœur impavide et l'index pointé vers le ciel ainsi que le représenta David (un doigt d'honneur ?).

Il doit nous prendre pour des ploucs, dit Dédé.
Pour des peigne-culs, renchérit Émile.
Je vais la lui apprendre moi la politesse, dit Marcelin, avec un peu d'humeur. J'aime autant vous le dire.

Au lieu de quoi, je bougonnais à longueur d'heures, commentais caustiquement les nouvelles du jour (et

notamment les politiques), sautais d'un livre l'autre, errais sans but dans le jardin, ramassais à la main, une à une, les feuilles mortes qui normalement se ramassent à la pelle, bref, je me dispersais, m'abêtissais, ou m'occupais à des choses inanes qui ne faisaient que me mécontenter.
Il m'arrivait parfois de regarder en continu la chaîne « Non Stop People » : le cul de Beyoncé, le divorce de Cristiano Ronaldo, les incartades de Justin Bieber et la rupture de la candidate de « Secret Story » avec le beau Rémi, autant de sujets qui n'exigeaient aucune présence à moi-même et avaient ce pouvoir d'immobiliser pour un instant mes funèbres obsessions. C'est ce que Lucile appelait mon téléchargement.

Il m'a tout l'air d'un cachottier, dit Émile. [*secrétive pnsm*]
C'est le mot que je cherchais, dit Dédé.

Mes autres passé-temps consistaient :
à rechercher sur Le Bon Coin des cercueils à la fois bio et confortables en chêne massif teinte chêne deux tons finition vernis satiné couvercle mouluré équipé de quatre poignées, [*motard*]
à réfléchir à la question de savoir si je me présenterais en enfer en survêt ou en costume trois-pièces,
à rédiger fiévreusement mon testament en faveur de Lucile, avec des codicilles plus ou moins généreux selon que nous étions fâchés ou tendrement complices,
à lui léguer tous mes livres de la collection La Pléiade, puis brusquement à lui en retrancher

trois, pour la punir de m'avoir traité de con le matin même,
et à faire le décompte inexorable du temps qui me restait à vivre. En heures. Pour mieux souffrir.

Soit dit entre nous, il me fait pas bonne impression le nouveau, dit Dédé.
Le plein s'il te plaît, demanda Émile.
Fuel ou Ricard ? lui dit Marcelin avec un sourire complice (plaisanterie très éculée, mais c'était précisément dans sa répétition que résidait son charme).
Pas très expansif, reprit Dédé, tout à son obsession. On est pas assez bien pour lui, peut-être ! tonna soudain Marcelin derrière son comptoir. On est pas assez chic pour que monsieur daigne nous adresser trois mots ! On va lui apprendre à vivre à ce malpoli, nom de Dieu ! • hackneyed

Mais quelques activités auxquelles je m'adonnasse (devote), *l'idée de ma mort proche ne me quittait jamais.*
Le cancer, s'il n'avait pas encore dépêché ses métastases à mon cerveau, l'avait colonisé de façon très perfide. Quoi que je fisse, quoi que j'envisageasse, il se tenait là, jambes écartées et cigare aux lèvres, à me coller aux basques, à s'entremettre à tout propos, et à me rappeler sans cesse, en sourdine, mon sursis. reprieve   in secret
Avec lui, une angoisse inconnue m'était venue, une angoisse griffue, une angoisse méchante qui plombait toutes mes pensées et les rendait méchantes et me rendait méchant. Les maladies très graves ont une puissance anxiogène inégalée parce qu'elles

vous obligent à faire, de votre vivant, le deuil de vous-même.

Il a intérêt à bien se tenir, putain ! dit Dédé en affichant une mine indignée pour être certain que sa colère serait perçue des autres.

Le peu de tranquillité qu'il m'était donné de vivre, c'était dans une bibliothèque proche que je le trouvais. J'y allais non pour me cultiver, ce désir-là s'était refroidi en même temps que tous les autres, mais pour me reposer dans un lieu occupé par des êtres muets et incurieux de leurs voisins, dont la présence seule me distrayait de mes noirceurs.

Et à pas emmerder le monde, ajouta Émile.
S'il veut qu'on soit gentil, précisa Marcelin avec un sourire mauvais.

La maladie, décidément, ne s'était pas constituée en leçon de quiétude, le malheur qui m'accablait ne m'avait révélé aucune vérité, l'adversité ne m'avait pas appris à voir plus clair en moi et à me dépasser, je ne savais d'ailleurs pas ce que voulait dire se dépasser, je ne voyais nulle chose d'un œil tranquille, mon cœur était effroyablement lourd, et les marchands de sérénité, cette canaille écrivassière dont les écrits destinés aux affligés dans mon genre envahissaient les librairies, me semblaient tous d'infâmes imposteurs.
Au lieu donc de m'amender, au lieu de me grandir, au lieu de me rendre aimable aux autres avant de

définitivement leur faire mes adieux, la maladie distillait un poison dans mon cœur qui me faisait l'humeur amère et me rendait insupportable à Lucile comme à tous mes proches.
Pour toutes ces raisons-là, j'avais décidé de partir.

Ce soir-là, Dédé était fier. Il exultait. Il avait tué le matin même un sanglier de cent dix kilos, un gros mâle, un morceau.
On commenta l'exploit, on exigea des détails, on s'enquit de l'endroit précis où la bête était tombée, c'était dans la forêt des Combes en bordure des vignes, juste avant le ravin, on s'enquit de la distance de tir : quinze mètres à vue d'œil, on s'enquit d'Achille, le chien de Dédé, lequel s'était fait charger, Dédé en riait encore, et des compères de chasse : Gérard, Émile, son fils Steve, et Étienne, une fine gâchette. On en vint à la sempiternelle question des randonneurs, ces maniaques de la marche, qui font chier, c'est la plaie, jusqu'au jour où le coup partira sur un de ces emmerdeurs et on sera dans de beaux draps. Puis Marcelin demanda, en caressant sa panse, s'ils n'avaient pas, par hasard, rencontré le nouveau. On remit l'affaire sur le tapis, faute d'autres sujets de débat. Et les perplexités de l'avant-veille réapparurent, qui couvaient :
Il est fuyant comme une anguille, dit Marcelin.
Comme s'il avait quelque chose à se reprocher, dit Émile.
C'est louche, dit Dédé.
Et pourquoi qu'il fait tout le temps la gueule ? dit Émile.

C'est louche, dit Dédé, on m'enlèvera pas cette idée de la tête.

Pour me rendre à l'Institut Saint-Christophe où je recevais des soins à raison d'une fois par semaine, je devais traverser une cité qui était la réplique en plus petit de la cité de mon enfance, mais où (c'était le seul point sur lequel elle différait) de nombreuses femmes étaient voilées de noir ; si bien qu'il me semblait, chaque fois que j'y pénétrais, que j'étais dans un autre monde.

Et l'impression se confirmait en moi qu'il existait ici deux mondes, deux mondes rigoureusement délimités, deux mondes bien distincts, bien séparés, sans lien et sans mélange, deux mondes qui semblaient irréconciliables, deux mondes secrètement hostiles, secrètement en guerre l'un contre l'autre, même si chacun feignait d'ignorer l'existence de l'autre, même si chacun feignait de ne trouver aucun fondement à la haine de l'autre, même si chacun feignait d'adresser à l'autre un sourire des plus démocratiques et des plus engageants.

Et le pire, me disais-je, c'est que certains politiciens exacerbaient criminellement cette partition, je dis bien criminellement, et qu'ils montaient criminellement chaque camp contre l'autre, avec cet espoir infâme que, à force d'attiser la division et le rejet, le peuple ébranlé n'aurait plus en tête ces questions d'égalité et de justice qui autrefois, légitimement, le mouvaient.

Pour l'instant, je ne participais d'aucun de ces deux mondes, je ne faisais partie d'aucun de ces deux camps, et ce retirement m'était comme un repos. Mieux, je le vivais comme une chance et m'en félicitais malgré le prix qu'il me coûtait. Il me délivrait des autres. Il me délivrait de leurs soupirs peinés, de leur prétendue compassion et de la glu odieuse de leurs bons sentiments. Il m'épargnait les simagrées du « vivre-ensemble » dont toutes les crapules du jour se gargarisaient, et le risque, redouté entre tous, d'être plaint ou rejeté. Il me permettait enfin ce rendez-vous avec moi-même que j'avais, pour diverses raisons, trop longtemps différé.

Les gens d'ici n'étaient rien pour moi et je ne souhaitais pas faire partie de leur monde. Je n'étais rien pour eux qui ne souhaitaient pas que je fisse partie de leur monde. C'était de bonne guerre. Et cette situation, pour le moment, loin de me désoler, s'accordait parfaitement à mon désir de solitude.

Si on savait ce qui l'amène, on pourrait peut-être l'aider, suggéra prudemment Gérard.

Nous on demande qu'à lui donner un coup de main, dit Étienne, revenu à de bons sentiments.

On pourrait l'aider à se rendre utile. Il pourrait tondre la pelouse d'Étiennette par ézemple, proposa Émile qui prononçait ézemple et homosessuel, alors qu'il disait parfaitement boxe et boxon, selon une loi phonétique qui lui était toute personnelle.

Ou travailler dans la voirie. On dit que les individus de ce type ont des dispositions pour la voirie, dit Étienne.

19

Toute la journée à se les rouler, c'est fatigant pour les nerfs, dit Dédé.
Mais de quoi qu'il vit s'il en fout pas une rame ? On voudrait bien savoir quand même, s'emporta Émile.
Moi je dis c'est louche, et je me tue à le répéter, dit Dédé.

N'avoir personne sur le dos ou s'infiltrant en moi, ni père, ni mère, ni épouse, ni amis, ni enfants, ni voisins, vivre sans laisse au cou, sans explications à donner ni promesses à tenir, sans bavardages à bavasser ni sentiments à sangloter, sans cette obligation où vous mettent vos proches de devoir sans répit être fidèle à soi, rester hautainement le maître de son temps et ses gestes, tout cela me semblait, en ce moment de ma vie, un luxe formidable.
Le compte à rebours avait commencé et je ne voulais laisser personne abîmer, d'une quelconque façon, le peu de temps qui me restait à vivre.
Je savais que les gens du village ignoraient tout ou presque tout de ma vie, et qu'ils auraient été surpris et même sidérés si je la leur avais brutalement dévoilée. Comme j'étais surpris moi-même et parfois même heurté par certaines de leurs réactions et notamment par la méfiance qui sourdait, à la moindre occasion, de leurs discours et leurs figures. Car la méfiance les tenait, c'est en tout cas la première impression qu'ils donnaient. Ils l'avaient dans le sang. Dans le ventre. Ils l'exhalaient. Elle les portait. C'était leur soutènement, le contrefort autour duquel s'organisait tout le reste.

J'avais donc décidé, pour endormir cette méfiance et acheter ma paix, d'adopter les convenances de surface, tout en veillant à consolider mes remblais. Et pour l'instant, je m'y appliquais.

On vient pas sans une raison majeure se perdre dans un village comme le nôtre, peu attractif, il faut le reconnaître, dit Dédé.
On dit attractif ou attrayant ? demanda Gérard.
Sinistre si tu veux, répondit Dédé, important.
Comme sa gueule, dit Émile.
Exact, dit Dédé.
Il débarque sans dire d'où il vient avec une tronche de déterré, et il faudrait lui dérouler le tapis rouge pour lui arracher un sourire ! ricana Émile.
Avec la clique et les majorettes tant qu'on y est ! s'esclaffa Dédé.
C'est vrai qu'il pourrait faire un effort pour être plus aimable, consentit Gérard.
S'il est venu chez nous pour foutre le merdier, dit Marcelin, le regard sombre, il va comprendre sa douleur, putain.

Le village se limitait à quatre ou cinq ruelles, une Grand-Rue mélancolique, une Grand-Place inanimée flanquée de son église, en face d'elle la mairie, à la sortie un terrain de boules et le Café des Sports où l'on allait chercher un peu d'animation.
Rien d'autre.
Mais tout autour se déployait une forêt immense giflée par un vent sec et qui nettoyait tout.
Un matin du mois de mars, je m'y aventurai.

Cela peut sembler à peine imaginable, mais à trente ans passés, je n'avais jamais encore pénétré dans une forêt. Et cette découverte me fut si bienfaisante que je n'eus qu'une idée c'était de la répéter. Marcher dans tout ce vert, dans la fraîcheur de tout ce vert, était un bien dont je ne me lassais pas. Je suivais durant des heures les sentes forestières. J'écoutais le doux gémissement des arbres. Je me perdais. Je n'étais pas inquiet. Les bêtes qui se terraient derrière les buissons m'inspiraient moins de crainte que ceux qui les chassaient. Je respirais à pleins poumons cet air très pur d'ici, d'une pureté presque surnaturelle, avec l'impression de chasser l'air vicié de la ville en même temps que mes sombres pensées.

Il est pas clair le nouveau, dit Dédé que cette idée ne quittait plus.
Pour être pas clair il est pas clair, ironisa Émile en désignant du doigt la peau de son visage au cas où Dédé n'aurait pas saisi l'allusion.

Il m'arrivait parfois de m'étendre sur le sol moussu et de suivre des yeux le doux balancement des branches dans le ciel. Et j'avais la sensation très forte que cette douceur guérissait mon esprit.
Car j'étais arrivé ici l'esprit malade tout autant que le corps, je dois bien l'avouer.
J'avais, pendant un temps, nourri l'espoir idiot de voir le souffle de la mort (les grands mots !) le ranimer (mon esprit), le fortifier, le rendre créatif (je pensais et pense encore qu'il n'est de geste

créatif, de geste vraiment créatif, qui ne réponde à une violence ou tout du moins à quelque chose qui vous accule et vous oblige), et l'amener à convertir le désespoir puis l'abattement causés par le cancer, en... j'ose à peine l'écrire, en œuvre littéraire. Mais cet espoir s'était lui aussi très rapidement effondré. Car la maladie m'avait, pour ainsi dire, tari. J'étais à sec. Je ne mesurais pas alors qu'être à sec serait ma chance. Je le comprendrais bien plus tard.
La maladie m'avait tari. Ne restaient au fond de moi que des cailloux et la boue noire. Et devant mon ordinateur, je ne savais qu'aligner de pompeuses platitudes sur la terreur du néant où j'allais être jeté, sur la nuit sans pitié qui m'ouvrait grands ses bras, les baisers de Lucile que je n'étreindrais plus, les couchers de soleil qui ne saigneraient plus, la mer la mer la mer qui ne recommencerait plus et autres lamentations poétiques de la même farine. J'avais le sentiment, disais-je, que mes promenades en forêt guérissaient mon esprit. Et hier, je me sentais si calme en arpentant l'allée bordée de peupliers qui allait du cimetière à la forêt des Combes que, pour la première fois depuis mon arrivée, je me fis la remarque que vivre en inconnu dans une abondance de choses nouvelles, et loin de Lucile, loin des visages familiers, loin de leur savoir sur moi, loin de leur sollicitude, loin de leur dévouement et loin de leur contrôle, c'était en fin de compte gagner en liberté.

Mais qu'est-ce qu'il peut foutre pendant des heures dans les bois, soupira Dédé, accoudé au comptoir

et comme pour lui-même. C'est pas la saison des champignons que je sache. Il a pas plu une seule goutte depuis deux mois.
Oui qu'est-ce qu'il peut bien manigancer pendant des heures, tout seul dans la forêt ? dit Émile qui se mit de la partie.
Il herborise ou quoi ? dit Gérard qui rejoignit le duo.
C'est louche, dit Dédé.
Ezactement, concéda Émile,
Surtout quand on chasse pas, dit Étienne.
D'autant que s'il était inscrit à la fédé, je serais le premier à le savoir, dit Marcelin, le cafetier, qui était aussi président de la fédération de chasse.
La même chose, dit Émile en levant sa chope.
Tous convinrent alors de demander des informations supplémentaires sur le nouveau venu lors du prochain conseil municipal, quitte à passer pour des fouille-merde.
Il se tient quand ? demanda Dédé.
Mardi et il va pleuvoir, dit Émile.
Pourquoi ? demanda Dédé.
Parce que mardi sera un jour plus vieux ! dit Émile.
Quel farceur ! dit Gérard.

Je me disais que si la maladie m'emportait, je souhaitais qu'elle le fît en beauté, dans un lieu de beauté, dans un lieu d'éblouissante lumière, dans un lieu de profuses couleurs, dans le bleu le vert le rose et le lilas.
Je voulais bien finir avant d'appareiller vers l'ultime océan. J'affectionnais les expressions telles que l'ultime océan, le noir rivage, les eaux blafardes

du Léthé... Cette manie ne me passait pas de dire joliment des choses très horribles. J'étais professeur de français dans le sang.

Il faudra aussi penser à aborder la question des chats errants, suggéra Marcelin, en grand ordonnateur des pompes et plaisirs.
Un fléau ! se plaignit Émile.
Ils volent toute la bouffe d'Achille, dit Dédé.
Et ils chient dans mon potager, dit Émile, que c'en est une infection.
Le pire c'est qu'ils attaquent la nuit les poules dans les basses-cours, dit Gérard, ça te fait un de ces boucans !
Et qu'ils se reproduisent à la vitesse grand V, dit Dédé.
Encore plus vite que les Arabes, précisa Marcelin soucieux d'introduire un peu de gaieté dans ce sombre concert.
Dédé, hilare, commanda un petit blanc. Le pastis, à la longue, lui décapait les tripes.
Tu le veux sec ou moelleux ? lui demanda Marcelin.
Je le veux sec. Le sec requinque, prononça Dédé, biblique.
Marcelin rappela qu'il ne faudrait pas oublier d'évoquer, lors du prochain conseil municipal, la construction du four à pain souhaitée ardemment par toute la population afin d'améliorer le vivre-ensemble, comme on disait aujourd'hui ; souhaitée ardemment par tous, mis à part ce pisse-froid de Gaston, qui n'aimait pas ce merveilleux projet, qui n'aimait rien, un anarchiste pour tout dire, qui

votait pas, qui se moquait de tout, même de lui, et déclarait, railleur, à qui voulait l'entendre : Vivre ensemble d'accord, mais chacun pour sa pomme ! Où avait-on vu pareil mauvais esprit ?

Je restais seul tout le jour. En vacances d'autrui. Et cette trêve en ce moment était douce à mon âme. Parfois, pourtant, le vieux désir de parler me reprenait. Mais auprès de qui l'exercer ?
Les gens du village me semblaient vaincus par une sorte d'accablement qui invitait assez peu au dialogue cordial. Le maire me l'avait expliqué : la fermeture en 2013 de l'usine de chaussures de Barogne et le départ précipité de huit familles les avaient plongés dans une mélancolie dont ils sortaient à peine. Et mes rares tentatives de converser avec l'un d'eux s'étaient toutes heurtées à une haie très épineuse de défiance.
Je n'avais pas dû prononcer plus de vingt phrases depuis mon arrivée, si bien qu'il m'arrivait parfois d'avoir peur de perdre toute capacité parlante. Combien de temps pouvait-on conserver un lien avec soi-même, me demandais-je, lorsqu'on a perdu l'usage de sa langue ? C'était l'une de ces interrogations vaines qui m'occupaient l'esprit, puisque, pour l'instant, ma seule activité consistait à soliloquer sur un certain nombre de questions, en attendant qu'une bonne âme me pose, me posât (j'essayais d'être aussi exigeant sur le plan de la grammaire que je l'avais été avec mes élèves) les siennes. Et je commençais à devenir impatient, car les mots que je formais dans ma tête, lorsqu'ils ne

se frottaient pas aux mots des autres, aux mots du dehors, ma tête les ravalait pour ainsi dire, et cela faisait dans mon cerveau une épouvantable bouillie. D'ici que je perde le nord, me disais-je, d'ici que je disjoncte.

On revint sur la question cruciale du four à pain. Dans un bel élan romantique, Dédé, Émile, Gérard et Marcelin se mirent à rêver tout haut de ce projet amoureusement caressé depuis plus de cinq ans. Un four à pain comme avant, ça serait bon pour l'esprit collectif, s'écrièrent-ils, émus et unanimes. Ça serait bon pour se retrouver entre nous, comme avant, tous collègues, pour cohabiter en heureuse harmonie et se parler comme jadis, les jeunes et les vieux, sans distinguo, autour du pain eucharistique (ils en devenaient lyriques), toutes barrières tombées, toutes prudences abolies, dans le partage : mot magique et cher aux menteurs politiques mais qui faisait vibrer les âmes, toutes les âmes, de quelque calibre qu'elles fussent. Un four à pain qui ranimerait comme un cœur neuf le village qui périclitait, la preuve : le curé ne venait dire la messe qu'une fois dans le mois, et bientôt ce serait zéro !

J'avais infiniment aspiré à la solitude, j'avais infiniment désiré hiverner, me couper des autres, me tenir à l'écart de presque tout, mais au bout de deux mois de ce tête-à-tête avec moi-même, j'étais si empêtré dans mes perplexités, si écœuré de ma personne, si las de me donner la réplique, que j'en arrivais à souhaiter que n'importe qui vînt me parler

de n'importe quoi. Et même de choses artistiques. Je saurais surmonter le dégoût que m'inspiraient ces bavardages que je n'avais que trop subis durant mes années d'enseignant. J'étais à ce point fatigué de mes stériles soliloques que j'en venais même, certains jours, à regretter mes scènes de ménage avec Lucile.
Je n'avais désormais qu'un seul but : me séparer de moi. À l'amiable, si possible.

Le seul problème soulevé par la construction du four à pain, mais qui était un problème de taille (retour abrupt à la réalité dans un aller-retour véritablement admirable), résidait dans son coût.
La voûte en quartier, le montage de la sole, la dalle isolante, le calfeutrement, tous ces travaux ne supportaient pas du tout la malfaçon. Ils exigeaient une main-d'œuvre spécialisée et, qui dit main-d'œuvre spécialisée, dit : coup de barre. On cita des noms d'entreprise. On disputa leurs mérites comparés : Pujol est plus cher que Brémont mais moins que cet enfoiré, je suis poli, que cet enfoiré de Ramirez. Lequel a des protections. Comment ça ? Des amis en haut lieu. Dans la politique ? Paraît-il. C'est comme ça qu'il remporte indûment les... Indûment ? les marchés de travaux publics dans certaines communautés de communes ! Écœurant ! Et qui plus est, en sous-payant ses ouvriers serbes ! Ça m'étonne pas ! Les profiteurs ils se serrent les coudes en coulisse et ils s'arrangent entre eux pour mieux nous escroquer. Leur race est pas près de s'éteindre, putain ! J'irais

jusqu'à dire qu'elle fait que prospérer pendant que nous, pauvres cons, on ramasse les miettes.
Et puisqu'on en était à évoquer les miettes, on revint sur la question centrale et qui tenait infiniment à cœur : la construction du four à pain.
On avança des chiffres. On compta et on recompta. On fignola d'imaginaires devis. Chacun y alla de son estimation dans un réel plaisir à manier les chiffres. Le prix d'une brique réfractaire étant de deux euros, on fit quelques calculs. L'addition allait être salée. Marcelin résuma : Ça va coûter un bras, mais quand il faut il faut nom de Dieu !
Voilà qui était parler.

Un soir, au retour de l'Institut Saint-Christophe où je recevais mes soins, j'avais pu engager une petite conversation avec Damien, le fils des propriétaires qui me louaient la chambre ; un adolescent de seize ans qui passait une partie de sa vie penché sur sa tablette numérique, et l'autre probablement devant son miroir à gélifier impeccablement sa coiffure car pas un de ses cheveux ne bougeait, on aurait dit une gravure de mode ; un jeune homme sympathique au demeurant, qui était un adepte du selfie, passionné par sa propre image, de laquelle il semblait tirer un extrême contentement.
Il me demanda de poser près de lui. Je ne pus refuser. Il me montra l'image. C'est moi ? m'écriai-je effaré. Cela le fit rire. J'avais un visage à faire peur, la peau cireuse, les joues émaciées, un regard d'égaré. Le visage d'un autre monde.

Moi aussi j'aimerais me la couler douce, dit Dédé dans un soupir.
Comme le nouveau, payé à rien foutre, dit Émile.
Et avec quel pognon ? dit Étienne, indigné. Avec quel pognon ? Avec celui de NOS impôts !
Le bruit court qu'il est malade, dit Émile, l'air d'en douter.
À d'autres ! s'exclama Étienne.
La maladie de la glandouille, oui, dit Dédé.
Vivement qu'on en finisse avec les tire-au-flanc qui ruinent le pays ! vociféra Marcelin, toujours à la manœuvre derrière son comptoir.

Un jour où je longeais sans bruit l'allée des Ormes, j'aperçus un petit écureuil sur la branche d'un chêne. Je n'en avais jamais vu autrement qu'en image.
Alors, moi qui depuis deux ans n'avais le cœur à rien (en dehors de ces promenades en forêt où je me dopais à l'air pur),
moi qui n'étais qu'un homme morne et que rien n'émouvait (si encore, me disais-je parfois, le désespoir des premiers jours de la maladie avait duré !, un désespoir ça a de la gueule, ça vous fabrique une âme, ça vous arrache à l'inconstance des jours et vous oblige à de grands gestes et d'héroïques décisions),
moi qui me délectais secrètement de cette maussaderie (car quelque réticence que j'eusse à l'avouer, je savourais cette volupté propre aux condamnés, j'avais cette bêtise, fini les emmerdements causés par la vie, me mentais-je, fini les ardeurs amou-

reuses et les sentiments exaltés, fini les allégresses et les peines qui nous consument ou nous entament, bon débarras la vie ! me dupais-je, voluptueusement morbide, mais quelle connerie !),
moi qui nourrissais, croyais-je, la même humeur que celle de mon pays (car mon pays me paraissait aussi malade que moi, le pouls filant, le souffle court, les grands idéaux qu'il avait longtemps portés avec panache, amochés, mal en point, et l'âme si lasse et si affaiblie, que la montée d'un parti politique abject lui semblait une chose dont il pouvait, au prix de quelques arrangements, s'accommoder),
moi qui comme sainte Thérèse mourais de ne pas mourir et n'éprouvais plus aucune compassion (sinon envers moi-même), et plus aucun élan vers la beauté du monde,
la vision de cet animal si gracieux, si agile et plus vif qu'une flamme, éveilla en moi une joie enfantine. J'aurais aimé dire à un autre ce tressaillement délicieux que, depuis bien longtemps, je n'avais ressenti. J'aurais aimé dire à un autre qu'un petit écureuil avait bondi miraculeusement dans ma poitrine et qu'un peu d'humanité m'était soudainement revenue, afin de m'en convaincre.
Mais à qui m'en ouvrir ?

Dédé était pensif, et d'une main soutenait sa tête. Ses amis s'imaginaient qu'une pluie de reproches conjugaux avait dû, comme chaque jour, s'abattre sur sa tête, reproches auxquels il essayait chaque jour de parer en cherchant un abri temporaire dans le Café des Sports.

Car sa revêche épouse l'accusait journellement (cela tenait du rite) et si possible publiquement d'être d'une passivité proprement maladive, de préférer à l'arrosage et au sarclage des courgettes poireaux aubergines et tomates la contemplation éperdue d'inepties télévisuelles, et de manifester à tout instant un penchant invétéré à l'indolence et au je-m'en-foutisme qui heurtaient de plein fouet sa morale domestique. (Toutes accusations qui rebondissaient sur le front muet de l'incriminé et principal ennemi, et accroissaient d'autant la fureur récriminatrice de l'épouse, pour la plus grande joie de tous.)
Mais son épouse, ce soir, n'était pas la cause première des méditations de Dédé.
Exceptionnellement ce n'était pas Denise à laquelle Dédé imputait depuis bientôt trente ans la responsabilité totale de son malheur de vivre, vu la férocité des exigences ménagères d'icelle, et l'intérêt maniaque qu'elle portait à la propreté domestique (Denise lui imputant, dans un beau souci d'équilibre comptable, une responsabilité symétrique dans son malheur à elle, vu les défaillances susmentionnées de l'époux, sur lesquelles elle avait constamment les yeux rivés, c'était sa passion, après l'Art, bien entendu, qu'elle mettait au-dessus de tout, mais nous y reviendrons).

Les rares fois où la pensée de Lucile venait cogner à ma porte, j'opérais, pour ne pas subir une avalanche de regrets mélodramatiques qui m'eussent fragilisé, j'opérais de la même manière que je l'avais fait auparavant lorsque j'étais serré de près par la

maladie et la mort : j'allumais la télé, j'entrais en elle et je me laissais littéralement absorber. Alors plus de Lucile ! plus de moi ! plus des autres ! À la trappe !
J'appliquais cette même technique lorsque me venait à l'esprit la question de savoir ce que je foutais là.

C'était donc autre chose qui préoccupait Dédé en cette fin de journée. Une chose plus difficile à cerner, plus surprenante et d'une substance plus grave. Une chose qu'il n'avait jamais eue jusqu'ici à mettre en mots, ni jamais éprouvée. Une chose qui le prenait complètement au dépourvu, et pour laquelle il ne disposait d'aucun critère, mais qui finit au troisième verre par s'esquisser puis lui apparaître : la présence toute nouvelle de l'étranger dans le village. Que n'y avait-il songé avant !
Cette présence venait en effet déranger son monde intérieur où tout était méticuleusement rangé, comme sa vie, quoi qu'en dît son épouse. Au point qu'il ne parvenait plus à en détacher son esprit (de cette intrusion dérangeante). C'est un peu, expliqua-t-il dans une métaphore musicale fort appréciée de l'auditoire, c'est un peu comme si, au milieu d'un concert dont on connaît par cœur toute la mélodie, surgissait un couac, ou un crissement incongru, ou une sifflante sonnerie qui venait brutalement écorcher nos trop tendres et trop susceptibles tympans.
Ça incommode forcément, dit Dédé.
C'est un attentat à la quiétude, dit Émile, tout fier de sa formule. Et c'est estrêmement déplaisant.

Car Émile, assis à la même table devant son verre de blanc, était dans des dispositions tout à fait analogues : certes, l'étranger n'était ni un nègre ni un Indien dont les teintes foncées agressent le regard, c'est bien connu. Cependant il ne se fondait pas dans le décor, il détonnait, il faisait tache, il tranchait comme on le dit d'une couleur criarde. On se demandait si on avait la berlue. On faisait en sorte de ne pas le voir. On s'ingéniait à l'éviter. On regardait le ciel. On regardait n'importe quoi qui ne serait pas lui. Mais il vous sautait aux yeux où que ceux-ci se posassent et de la plus méchante façon. C'est pas qu'on soit... comment dire, dit Émile, Contre les étrangers, souffla Étienne,
Mais le fait est que ce type vous attaque les pupilles, dit Émile. C'est d'un pénible !
L'arrivée de l'étranger déconcertait leurs habitudes, et pas seulement les rétiniennes, toutes leurs habitudes et le doux engourdissement qu'elles conféraient et dont ils étaient douillettement captifs. Toutes leurs habitudes dont l'emprise sournoise augmentait, semblait-il, avec l'âge, à la même allure que leur incuriosité.
Elle les délogeait de leurs routines et radotages dans lesquels ils s'assoupissaient (car même les fâcheries conjugales dont ils feignaient journellement de se plaindre, ils s'en arrangeaient et dans le fond s'y complaisaient. À vrai dire, elles les berçaient, reposantes ritournelles où la méchanceté faisait son nid et s'endormait).
Elle les délogeait, disions-nous.
Et ce délogement était des plus contrariants.

Un petit remontant ne serait pas de trop, déclara Dédé qui ne perdait jamais le nord.

Il me semblait que la grande occupation des gens de ce village, comme ceux de la petite ville d'Amboise où j'avais été enseignant, consistait à s'entre-guetter et à s'entre-contrôler sans cesse. Aussi je m'appliquais à être discret à défaut d'être transparent. Discret au-dedans comme au-dehors. Et ce n'était pas une mince affaire car j'avais le teint et la chevelure sombres, ce qui m'avait valu maintes fois l'intérêt très appuyé, si j'ose dire, des forces de police qui me prenaient pour un Arabe et souhaitaient admirer la photo qui décorait ma carte d'identité. À croire que j'étais leur genre.

Le remontant sifflé, pastis pour être exact, le chœur des lamentations put à nouveau reprendre :
Il continue ses allées et venues dans la forêt. Tout seul. En regardant de tous côtés. Comme s'il était poursuivi par la police.
Bizarre.
Il paraîtrait qu'il cultive du haschich dans un endroit secret. Ceci dit sous réserve.
Moi ça m'étonnerait pas.
C'est bien le genre.
Il paraîtrait même que la vente de son haschich aux bobos de Barogne lui rapporterait bonbon.

Oubliez-moi, oubliez-moi, leur criais-je en moi-même en les voyant me regarder comme si j'avais été une bête de foire, non, une bête de foire inspire

une curiosité joyeuse, comme quoi alors ? comme un homme douteux, un homme dont il fallait se méfier, bref comme un type pas très catholique puisque c'est ainsi qu'on désignait ici les personnes suspectes.
J'étais venu dans ce village avec l'idée de m'effacer paisiblement, discrètement du monde. Or j'avais l'impression d'attirer, malgré moi, l'attention suspicieuse de tous. D'être en relief, en quelque sorte. Tandis que certains habitants du village me tenaient nerveusement en joue.

C'est pas qu'on soit mal intentionné, Dieu m'en garde, dit Dédé. mais il faudrait peut-être le faire suivre. Savoir ce qu'il en est de son trafic de drogue.
Il faudrait peut-être prévenir les gendarmes de Barogne, suggéra Émile.
Je les connais bien, dit Marcelin, je leur offre un jaune de temps en temps.
Ou alerter la préfecture, dit Émile. On sait jamais.
Prudence vaut mieux que vertu, philosopha Dédé.

Mais l'id̶̶̶̶̶̶̶̶̶̶̶̶̶̶̶̶̶̶̶̶ eut-être ces gens, qu̶̶̶̶̶ on se trompe ̶̶̶̶̶̶̶̶inamicaux, se tromp̶̶̶̶̶̶̶̶̶̶̶̶̶̶̶̶̶̶̶̶̶̶̶̶ je me trompais sur eux.

Vous croyez pas que vous vous faites des idées sur le bonhomme ? dit soudainement Gérard (c'était un dubitatif doublé d'un sentimental).
Se faire des idées ça s'appelle réfléchir, Ducon, répliqua Marcelin, agacé.

Une fois par semaine, je prenais l'autobus pour me rendre à l'Institut Saint-Christophe où je restais hospitalisé une demi-journée afin de recevoir une perfusion d'épirubicine, c'était le nouveau traitement anticancéreux que je devrais poursuivre à vie m'avait dit l'oncologue, à mort avais-je traduit aussitôt. Et hier, le hasard fit que je me retrouvai assis aux côtés d'une jeune femme qui, sans autre façon, m'adressa la parole.
Elle me demanda si je descendais au centre-ville ou plus loin, et me dit en me tendant la main :
Moi c'est Mîna.
Et moi Anas.
Comment ? me demanda-t-elle en riant. Ananas ?
Anas, je m'appelle Anas. C'est un prénom andalou.
Anas, c'est trop super ! me dit-elle dans un sourire.

Émile, ce soir-là, ne décolérait pas et prenait tout le café à témoin. Un ami lui avait répété que la serveuse du Colibri faisait des mamours au nouveau. Dans le bus ! En public ! Qu'elle baise avec le premier venu, O.K., ça la regarde. Mais avec un type qui n'est pas de chez nous et dont on ne sait rien ! Aux yeux de Marcelin qui campait, imposant, derrière son comptoir, la question était hautement politique. Tous l'approuvèrent. Marcelin dominait les débats comme il dominait tout le reste.

Vivement qu'on ait un chef à la tête du pays ! lança-t-il d'une voix si forte qu'elle fit trembloter sa panse. Car cette idée l'obsédait. Il y revenait chaque jour. Il la rabâchait. Il la hurlait au moindre prétexte et jusqu'à l'ivresse. L'idée d'un homme fort qui saurait montrer ses crocs du haut de son estrade, qui saurait fermer leur gueule aux toutous qui aboyaient mais n'avaient rien dans le slip, nom de Dieu, un foudre de guerre intrépide et habile en coups de pied au cul, qui mettrait au travail le ramassis des fainéants qu'il fallait nourrir, putain. Un meneur d'hommes qui saurait défendre les petits et ferait une bouchée des ennemis de la nation, si vous voyez à qui je pense. Un chef qui saurait parler clair et sans tortille..lleurs qui finassaient, ... comman-der, ce qui .... dire à la manière forte, puisqu'y avait que ça qui marchait.

Elle s'appelle Mîna, me répétais-je, ce n'est pas un prénom d'ici. Elle a le teint opaque des femmes de Lahore, et très certainement des parents d'origine étrangère comme les miens. Et cette idée m'inspirait une irrépressible sympathie.

Un chef qui en ait puisqu'y a que ça qui marche ! vociféra Marcelin qui cherchait toujours à ramener les choses sur son terrain.
À ce slogan tant de fois répété, les clients subitement s'enflammèrent.
Car il était 19 heures. L'heure où la fatigue se transmuait en colère pour ceux qui avaient abattu une journée de travail et ne désiraient rien tant que la chasser, la fatigue.
Vivement un chef ! récita Gérard, le maçon, en écho, bien qu'il en supportât un, de chef, sur son chantier, qui l'enguirlandait tout le jour, magne-toi le cul, tu

fais la sieste ou quoi, monsieur voudrait peut-être un petit oreiller, regardez-moi cet empoté, et autres exquis encouragements.

Et qu'on voie plus traîner ces crouilles qui sont des obsédés du cul, passez-moi l'expression, ajouta Dédé dont la journée aussi avait été rude : huit heures debout derrière le guichet de sa banque face à des énervés dépourvus de tout savoir-vivre, certains (orientaux) ne sachant pas dire trois mots de français, et obligé, pour ne pas les envoyer paître, de mettre beaucoup d'eau dans un vin qu'il préférait pur.

Parce que si ça continue, menaça-t-il, et son sang se mit à bouillir et il devint tout rouge, si ça continue, nos femmes bientôt elles pourront plus sortir dans la rue sans se faire emmerder. Pour pas dire pire.

Vivre sans aucun lien me devenait pénible. Les mêmes lassantes spéculations sur le Brexit et mes mêmes lassants solipsismes sur ma vie ou le bien et ma mort ou le mal m'occupaient presque entièrement l'esprit, et je n'avais désormais qu'une hâte, c'était de m'en distraire. Si bien que je passai une bonne partie de la semaine à broder autour de ma rencontre avec la dénommée Mîna, afin de penser à autre chose.

Et alors que, depuis mon arrivée dans le village, je vivais dans un temps pour ainsi dire plat, alors que j'avais oublié qu'une journée débouchait forcément sur une autre, et une autre sur une autre, et ainsi indéfiniment, voici que la scansion du temps, son battement me revenait et de très impatiente façon, voici que le temps retrouvait sa mesure.

Et alors que je croyais m'être forgé un cœur blindé et dur, un cœur verrouillé et parfaitement étanche, voici que je me repassais plusieurs fois dans la tête, comme un adolescent énamouré, les trois mots que la jeune fille m'avait jetés en souriant dans l'autobus.

Et j'avais beau me répéter que trois mots d'une inconnue ne forment en rien une promesse, je ne cessais de songer à la façon gracieuse dont elle les avait dits, et je brûlais d'atteindre le jour où, prenant le bus qui allait à la ville pour y subir mes soins, je la reverrais peut-être.

Je crois que si un tel désir m'animait et de si impérieuse manière, c'était moins dans l'idée de faire la cour à une jeune femme avec le dessein plus ou moins avoué de coucher avec elle, que pour me sentir encore un homme, je veux dire un homme parlant, un homme vivant, avec un but auquel s'ancrer, fût-il fragile, et un espoir qui me tirât en avant, fût-il malingre et illusoire, mais qui m'aidât à supporter un présent désespérément vide.

Et les responsables politiques dans tout ça, qu'est-ce qu'ils foutent ? s'énerva Gérard qui tombait de fatigue. Qu'est-ce qu'ils foutent bordel ? ragea-t-il. Et sa colère s'étendit en bloc à tous ceux qu'il estimait responsables de l'épuisement qu'il éprouvait après neuf heures passées à gâcher le béton et à monter les murs de la salle des fêtes. Ils vous serrent les pognes sur les marchés, ils vous promettent ci,

ils vous promettent ça, mais pas un mot de vrai ! Y a que leurs intérêts qui comptent, point barre !
Gérard reprenait l'antienne mille fois répétée avec la vigueur des choses qu'on découvre, mais à cette heure-ci de la journée, cela lui faisait du bien, cela dénouait la tension qui durcissait les muscles de son dos et faisait de ses bras deux anses de douleur. Ceux de droite et de gauche, c'est du pareil au même, fulmina-t-il, mais c'est peut-être pire à gauche.
Il dit ceci avec d'autant plus de feu que, parmi les ennemis politiques responsables de sa fatigue et de la douleur qu'il ressentait dans ses bras à force de soulever des parpaings, il en était un qu'il visait très spécialement sans toutefois le nommer : un ennemi qui n'était autre que le putain de patron de l'entreprise qui l'employait : un Espagnol plein aux as, qui le payait au lance-pierre mais se berçait de grandes idées socio-humanistes avec une répugnante autosatisfaction. La pire des engeances. Et une telle tristesse s'empara de lui en pensant à cette ordure qui gagnait dix fois son salaire, qu'il commanda aussi sec un troisième demi.
Je suis d'accord, appuya Émile, histoire de ne pas être en reste et comme s'il avait deviné les pensées muettes de Gérard et la mélancolie qui lui venait avec la tombée du jour. Ils sont beaucoup plus pires à gauche avec leurs histoires d'antiracisme, d'antisémitisme, de solidarité, de philanthropie, et de toutes ces choses qu'ils ont à la bouche pour mieux se passer de les faire. Essaie par ézemple

de leur emprunter deux euros, essaie voir, et tu vas comprendre !

Je confonds toujours philanthropie et philatélie, dit humblement Gérard.

Eh bien continue, dit gentiment Émile.

Elle était dans le bus.
À peine monté, je vis son visage se détacher nettement au milieu des vingt autres.
Et mon cœur se mit à cogner.
Elle me fit un petit signe de la main. Je fis mine de découvrir sa présence. Et j'allai m'asseoir près d'elle, comme ça, négligemment, enfin, en faisant comme.
Alors tout se passa comme si la vie reprenait son cours d'avant la maladie. Et nous engageâmes une conversation comme celles que nouent les humains lorsque rien d'angoissant ne tourmente leur cœur. J'avoue même que cette conversation me fut très agréable car la jeune fille se livra sans réserve comme on se livre lorsqu'on est en confiance et sûr d'être accueilli. Et en une heure, je sus presque tout de sa vie.
Elle était serveuse dans un bar de Barogne qui s'appelait Le Colibri ; elle avait vingt ans et toutes ses dents (ce fut son expression) ; et elle souffrait énormément du complexe d'être grosse (elle eut en le disant un petit rire qui était une façon de camoufler sa gêne).
Je lui répondis aussitôt que sa rondeur lui seyait à merveille et que je la trouvais magnifique. C'est la seule banalité qui me vint à l'esprit, incapable que

j'étais de prononcer la moindre galanterie subtile, la lente consommation de mon amour pour Lucile durant la maladie ayant eu sur moi cet effet imprévu (et fort dommageable) de défleurir, avec mes illusions, les beaux mensonges dont souvent elles se parent. Elle eut à cœur de m'exposer les raisons de son embonpoint : elle logeait à l'Hôtel du Pont en attendant mieux (elle attendait mieux depuis bientôt quatre ans), un hôtel dont le gérant, un sale type, interdisait aux clients, pour des raisons prétendument hygiéniques, de cuisiner dans leur chambre. En conséquence, elle se nourrissait essentiellement de sandwichs au jambon, ce qui n'était pas bon pour sa ligne. Et le disant, elle dessina de ses mains les contours exorbités de son corps. Je lui répondis aussitôt que ces contours étaient très beaux. Alors elle eut un rire gauche, elle rosit, et elle me remercia.

Je me retins de lui avouer que je détestais les femmes anguleuses, que j'avais même un penchant marqué pour les formes rebondies, et que ses rondeurs exquises ne pouvaient que me plaire. Ou plutôt je ne trouvai pas la bonne façon de le lui dire sans qu'elle en fût blessée. Il était des choses que j'avais encore du mal à exprimer. Surtout celles qui touchaient aux sentiments.

Durant tout notre échange, je ne prêtai nulle attention à ce qui m'entourait. C'était la première fois depuis longtemps que je n'étais pas sur le qui-vive, l'œil aux aguets, et prêt à décamper à la première alarme. J'avais gardé ce réflexe, acquis dans l'adolescence, de toujours surveiller les entours pour être prêt à déguerpir à la moindre apparition d'un flic, c'était devenu un geste machinal. Et bien que j'eusse quitté ma cité depuis plus de quinze ans, je n'étais pas parvenu à me défaire de ce réflexe. Où que j'allasse, et quel que fût mon interlocuteur, une partie de mon esprit demeurait toujours en alerte. C'était la première fois depuis longtemps, disais-je, que cessait ce perpétuel état d'alarme dans lequel j'avais grandi, et que je n'étais absorbé par rien d'autre que par les formes rondes d'une jeune femme et par ses grosses mains, des mains modestes, remarquai-je, des mains rouges et travailleuses.

Et je me sentis soudain incroyablement léger, confiant, paisible.

Moi ça me prend la tête l'arrivée du nouveau, dit Dédé, pensif. Et ça me fait grimper la tension cette histoire. Je devrais pas m'inquiéter comme ça, mais c'est plus fort que moi, on se refait pas, j'ai des coups de sang.

Elle est à combien ta tension ? demanda Gérard, par politesse.

16/8, dit Dédé.

Et ta connerie, elle est à combien ? plaisanta Émile.

16/8, c'est limite, fit Marcelin en connaisseur (il entendait dans son café tant de plaintes sur les douleurs, les vapeurs, les aigreurs, les ballonnements, les palpitations, les sanies, et autres misères physiologiques, qu'il aurait pu ouvrir une consultation médicale).

Putain ! dit Dédé.

Vivement qu'on règle leur compte à tous ces étrangers qui chient sur nos valeurs, tonitrua soudain

Marcelin, torse bombé derrière son comptoir, nous allions dire sa tribune.

Des valeurs ancestrales, vociféra Dédé pour donner au débat un tour plus élevé.

Et à tous les youpalas qui tiennent les grosses banques Rothschild et compagnie, compléta Émile avec ardeur.

Jacques (de l'Éducation nationale) murmura dans un soupir : Vous n'êtes pas fatigués de débiter chaque soir les mêmes horreurs ?

Alors Marcelin, du tac au tac : Et toi tu penses pas que t'es fatigant avec tes idées parisiennes ?

Clin d'œil complice à Dédé, Émile et Gérard qui éclatèrent ensemble d'un rire bon enfant.

Jacques (de L'Éducation nationale) habitait la région depuis [...] eignait le français à E[...] me noble et qui lui va[...] tous. On lui trouvait, de [...], de hautes qualités. On disait de lui qu'il était simple et bien modeste, pas un cabot entiché de lui-même comme l'étaient ces diplômés dorés sur tranche, qui vous jetaient à la figure trois mots d'anglais, vous regardaient comme des moins que rien, et affichaient un contentement qui était véritablement à gerber.

On continuait néanmoins de le traiter en touriste, de se moquer gentiment de son accent pointu, de l'appeler « le Parisien » quoiqu'il ne l'ait jamais été, et de lui chanter le couplet « parigot tête de veau parisien tête de chien », mais sans nulle malice, même avec bonhomie, juste pour lui rappeler son tort d'être né loin d'ici.

À son arrivée dans le village, des rumeurs absurdes coururent sur les motifs de son célibat, celui-ci éminemment suspect dans ces contrées rurales, ou peut-être secrètement envié comme le sont les choses rares. On évoqua tour à tour un vice contre-nature (une homosexualité rentrée ?), puis une impuissance sexuelle incurable, puis, sans le moindre souci de cohérence, une liaison clandestine avec l'épouse du pharmacien, lequel avait, disait-on, de la merde dans les yeux.

Ces bruits disparurent du jour au lendemain sans qu'il en comprît le pourquoi. Il se souvenait seulement d'avoir fait irruption un soir dans le Café des Sports, centrale du renseignement selon ses propres termes, et d'avoir poussé une gueulante à faire trembler les murs afin que cessent instantanément les clabaudages et radotages sur sa digne personne et ses appendices afférents.

Gueuler, de toute évidence, inspirait ici le respect.

Mais le répit que j'éprouvais ne dura qu'un instant, car lorsque la jeune fille se leva pour descendre du bus, je perçus, avec cette acuité qui était devenue ma seconde nature et qui me donnait sans doute l'air d'être constamment à l'affût comme le sont les bêtes, je perçus des regards durs se porter sur ses pas, et quelque chose comme une désapprobation se peindre sur les visages.

C'est à instant-là que la figure de Lucile surgit en moi avec une précision inouïe, mais cette fois (c'était le jour des premières fois) sans cette pointe au cœur qui jusqu'ici l'avait toujours accompagnée.

D'ici qu'ils baisent dans le bus, y a qu'un pas, dit Dédé.
Pourquoi qu'ils se gêneraient puisqu'on leur permet tout ? dit Émile.
On laisse faire, on laisse faire, et quand la catastrophe arrive, on reste la bouche ouverte, comme des cons ! dit Dédé.
On l'a dans le baba, mais trop tard ! dit Émile.
Émile et Dédé se passionnaient pour l'histoire de la petite salope qui fricotait avec l'étranger dans l'aut... ...bablement crac-crac derrière les f... ...ublic. Ou sous des porches obsc... ...t en chambre. C'était pas impossible. ... ce toupet ? Probable. Avec ou sans lun... ? Dédé, en expert, penchait pour la deuxième hypothèse.
Il leur était difficile, pour le moment, de penser à autre chose qu'à l'histoire cochonne de l'étranger et de la petite pute. C'était de loin leur porno préféré. Peut-être cette histoire les excitait-elle autant parce que leur propre vie sexuelle laissait à désirer, c'est ce que pensait en tout cas Marcelin, lequel, occupé à nettoyer d'un coup de torchon humide les tables du café, ne perdait pas un mot de leurs supputations tout en feignant de ne pas les entendre. *calculations*

Revoir Mîna, mon innocente, ma toute-grosse et ma sœur d'infortune, me disais-je en moi-même en marchant dans la forêt des Combes qui à cette heure matinale se parait de teintes violettes assorties à mon âme, je redevenais poète.

Retrouver la confiance calme et souriante qu'elle avait manifestée à mon endroit et qui m'avait, de prime abord, déconcerté comme une bizarrerie et presque une impudeur, puis intrigué, puis infiniment charmé.

Ne pas l'effaroucher avec ma maladie et l'ombre noire qu'elle projetait sur toutes choses. Ni avec mon inhumaine solitude que j'avais ardemment désirée mais dont je cherchais depuis peu à me défaire parce qu'elle finissait par m'apparaître comme une mort en suspens, comme une phase préparatoire au Grand Saut dans la Nuit, lequel m'épouvantait. Pour être tout à fait sincère, je n'en pouvais plus d'être seul. Nous étions au mois de juin et les jours qui allongeaient me semblaient ne s'achever jamais.

Leur vie sexuelle était peut-être aussi atrocement terne, aussi atrocement triste que la mienne, se disait Marcelin qui avait parfois l'impression qu'il baisait avec une morte, tant sa femme Filomena demeurait inerte, tant elle mettait peu de cœur à l'ouvrage, ne se donnant même pas la peine de bouger son cul, se laissant passivement foutre, le dos tourné, plein de rancune, et attendant sans nul plaisir que la manœuvre prenne fin. C'était un domaine qu'il n'abordait jamais avec sa femme. Un domaine interdit de parole. Et dont, d'ailleurs, il ne parlait à personne. Même pas à ses collègues de café. Plutôt mourir. Mais qui demeurait comme une plaie ouverte dans un coin de son âme, laquelle était plus tendre qu'on eût pu le penser.

Et j'étais impatient de revoir Mîna.
L'impatience est l'art d'espérer, avais-je lu, je ne sais où.

Alors, tout en passant son torchon humide sur les tables et tandis qu'Émile et Dédé se livraient, égrillards, à leurs expertises sexuelles, Marcelin ne put s'empêcher de penser que Denise, l'épouse perpétuellement revêche, perpétuellement affligée et perpétuellement dyspeptique de Dédé, n'était sûrement pas un modèle affolant de lubricité ni une invitation irrésistible à la concupiscence. Quant à la femme d'Émile, c'était rien qu'un glaçon.
Ces réflexions le calmèrent. Il se sentit légèrement mieux. Mais un fond d'inquiétude indéfinissable, que l'obsession des deux compères avait fait surgir, subsistait encore.
Alors il éprouva le besoin de s'en prendre à quelqu'un. De se venger. De gueuler un bon coup, de façon à passer son angoisse sur un autre, et de s'en débarrasser. Car il fallait qu'il se déleste de cette chose qui opprimait sa poitrine, avant qu'elle n'y moisisse.
Il avait pour ce faire l'embarras du choix. Mais sa préférence allait nettement à Dédé, parce qu'il y avait chez ce dernier quelque chose d'affaissé, de rampant qui appelait irrésistiblement les vexations et les reproches. Ce quelque chose était-il injustement lié à son menton pesant, à ses yeux de bon chien et à sa lippe lasse, traits typiques du veule dans les bandes dessinées ? Ou à sa forte inclination à rallier toujours la raison du plus fort et du plus

aboyeur ? Marcelin en l'occurrence ? Le fait est qu'il encaissait les engueulades de ce dernier sans piper. Il avait reçu cette formation dans le mariage. Gratos, précisait-il.

Tandis que je remontais la longue allée des Ormes, une autre phrase me revint en mémoire, « Le vent se lève ! Il faut tenter de vivre ! ». J'en avais l'intention. C'était l'aube. Le jour s'annonçait beau. Je m'immobilisai. J'écoutai les mille bruits de la forêt vivante. Je respirai à grands traits l'odeur de la terre mouillée. Il faut tenter de vivre, me répétai-je.

Car les rôles au Café des S⸺ ⸺ient parfaitement distribués et, à quel⸺ ⸺rès, fixés une fois pour toutes⸺
Marcelin ⸺. Qui lâchait les mots d'ordr⸺ la haine. À l'occasion. On le verra⸺
Gérard d⸺ celui du brave type.
Émile dans celui du plaisantin.
Étienne en figurant.
Et Dédé, en préposé aux éloges du chef et en con de la farce. Qu'on asticotait et qu'on tarabustait (parfois même qu'on mortifiait un tout petit peu, mais c'était pour rire, d'ailleurs même lui en riait, comme s'il éprouvait du plaisir à être malmené), et qui attendait le coup de sifflet du maître pour se jeter sur l'importun et le mordre aux mollets.
Quant aux autres : quantité négligeable !
La pièce était rodée depuis plus de quinze ans. Et on la souhaitait sans accroc. Inamovible. Indéréglable.

À chacun sa partition. Et que ça roule ! C'est ainsi qu'on l'aimait et qu'on la jouait. Et malheur à qui s'aviserait d'en modifier le texte ! Imaginez que Marcelin se mette soudain à faire le doux agneau, et Dédé à jouer les terreurs et surpasser le chef ! C'était tout un édifice patiemment construit depuis plus de dix ans qui, patatras, s'effondrerait.

En me regardant dans la glace, ce matin-là, je m'étais trouvé mieux, le visage moins décharné, les joues moins creuses. J'avais moins l'air d'un évadé. Je me faisais moins peur. Peut-être paraissais-je un peu plus avenant qu'à mon arrivée dans le village ?

La petite serveuse, dès qu'il y a une quéquette en vue, il la lui faut, dit Émile.
C'est qu'elle a de qui tenir, s'exclama Étienne.
Elle est pareille que sa mère, confirma Dédé. Une dingue qui se faisait sauter par à peu près tout ce qui portait une bite.
Et qui a fini par épouser un Tamoul, dit Émile qui semblait avoir quelque lumière sur le sujet.
Ta quoi ? dit Dédé. Ta moule ?
Marcelin, qui était resté muet jusqu'ici, soudain s'emporta et tonna comme dans une comédie de Pagnol :
Tamoul ! En un seul mot ! C'est une race en Inde, pauvre gland ! C'est une race qui s'exprime avec des mots à rallonge et qui pétaradent comme s'ils étaient crachés à la mitraillette tatatatatatata… Et il guetta avec une sorte de satisfaction amère l'expression chez Dédé d'un embarras honteux.

Après cette apostrophe théâtrale (les apostrophes théâtrales constituant un attrait majeur dans la fréquentation de son café, Marcelin les cultivait savamment et en calculait savamment les effets), la conversation reprit sur la même thématique passionnée.

Il paraît que le Tamoul qui faisait tatatatata mais qui pigeait pas un seul mot de français s'est avisé trop tard que sa femme, la mère de la serveuse, était totalement frappadingue, expliqua Émile.

Lui ce qu'il voulait c'est les papiers. Le reste..., soupira Dédé.

Marcelin, à ces mots, explosa : Pauvre France ! Vivement qu'elle soit gouvernée, ce qui s'appelle gouvernée, bordel de Dieu !

Dédé, Émile et Étienne, par respect pour cette vibrante déclaration patriotique, marquèrent pieusement une pause.

Le souvenir heureux de mes chuchotements avec Mîna lors des précédents trajets m'ayant redonné une forme de courage, je décidai de tenter une nouvelle incursion dans le Café des Sports qui était ici, me semblait-il, un centre névralgique, comme l'étaient souvent, je l'appris plus tard, ces bistrots de campagne où, entre deux plaisanteries et deux rinçages de verres, les opinions se font, s'enflamment et se défont.

Je m'y décidai, avant que la défiance des villageois à mon endroit, que je percevais à de menus détails, ne les conduisît à quelque aberration.

Je fis le point fashion comme disait la mère de Lucile, et choisis la tenue qui me semblait la plus correcte, bien que je disposasse d'une garde-robe fort limitée, ayant fait ma valise dans la précipitation et l'angoisse, empaquetant quelques effets pris au hasard et quelques romans parmi mes préférés. J'enfilai un survêtement bleu marine qui me donnait un air sportif, de bon aloi me sembla-t-il dans ces contrées rurales, je me dirigeai à pas mesurés vers le Café des Sports, j'en poussai vaillamment la porte qui s'ouvrait sur une salle sombre, et souhaitai le bonjour à la cantonade.

Tous les clients présents, certains installés à des tables, d'autres accoudés au zinc, se retournèrent d'un bloc. Et tous me dévisagèrent.

Je m'approchai du comptoir d'un pas que je voulais ferme, et commandai d'une voix que je voulais ferme Un café s'il vous plaît, tandis qu'en mon for intérieur j'étais à deux doigts de céder à la tentation de m'enfuir.

Le patron du café, un homme aux joues violettes, aux cheveux jaunes et à la carrure imposante, se planta devant moi, appuya théâtralement ses deux mains à plat sur le comptoir comme s'il cherchait à l'écraser, et d'une voix très forte car il souhaitait sans doute qu'elle fût entendue de tous, il articula : Ma religion m'interdit de te servir. Et il défia la salle avec un air de triomphe.

Il se fit un grand silence.

Je me tournai alors vers les hommes qui venaient d'interrompre leurs parlottes et qui tous me fixaient avec des yeux avides, espérant sans nul doute quelque geste sensationnel, un événement tragique, un coup de théâtre, une scène fameuse dont ils reparleraient longtemps.

J'attendis d'eux, désespéré, stupide, je ne sais quel secours, je ne sais quelle miséricorde.

Mais aucun de ces hommes ne se risqua à mettre en cause la domination que semblait exercer le patron sur les clients de son café. Et leurs regards avides toujours braqués sur moi me jetèrent au-dehors aussi violemment qu'un coup de pied.

Il en a pris pour son grade le pâtre grec ! commenta Dédé. [hauled over the coals]

Il l'a pas volé, dit Marcelin, la mine satisfaite.

La tronche qu'il a tirée quand tu lui as dit Ma religion m'interdit de te servir ! s'exclama Dédé, réjoui.

Il en menait pas large, dit Émile, guilleret.

Il a décanillé vite fait, dit Dédé.

Ça lui servira de leçon, dit Marcelin. Qu'il comprenne bien à qui il a affaire, putain de Dieu !

Il faudrait en plus qu'on le serve sur un plateau, non mais ! dit Dédé.

Qu'on l'évente peut-être avec une feuille de bananier ? dit Émile en riant.

Qu'on se jette à ses pieds et qu'on prie Allah le front contre terre en lui reniflant le cul ? fit Dédé gagné par le rire.

Moi je trouve que vous poussez, dit Gérard, qui avait écouté sans broncher les propos de Dédé et d'Émile. Il vous a pas fait du tort cet homme, que je sache !

Ta ta ta, fit Émile. Il nous provoque et tu appelles ça pas faire du tort ?

Il n'a mordu personne, plaida Gérard. Ça se saurait.

Dis tout de suite qu'on délire, dit Dédé.

C'est pas ce que…, protesta Gérard en fixant le plancher.

Vas-y dis-le, dis-le qu'on déraille ! dit Dédé.

Nos avis divergent, et dix verges c'est beaucoup pour un seul homme, plaisanta Émile afin de détendre l'atmosphère.

De quoi ? dit Dédé.

C'est pas pour toi, dit Émile affectueusement et comme s'il parlait à un idiot.

Les quatre hommes restèrent un moment silencieux, chacun plongé dans ses propres méditations.

Je vais la lui faire passer, moi, sa provocation ! lança soudain Marcelin, soucieux de recentrer le débat.

Qu'est-ce que tu veux dire ? demanda Dédé.

Je me comprends, dit Marcelin, avec l'air de quelqu'un qui prémédite un coup.

Sur ces entrefaites, Jacques poussa la porte du café, salua l'assemblée et vint s'accouder négligemment sur le zinc. Marcelin lui versa un blanc.

En forme ? lui demanda-t-il.

Nickel, lui répondit Jacques.

Les conversations coléreuses se poursuivirent sur leur lancée, quoi qu'un ton en dessous depuis l'entrée dans le café de Jacques. Car si Marcelin et ses compères n'étaient plus intimidés par lui comme ils l'avaient été à son arrivée dans le village, s'ils étaient moins impressionnés qu'avant par son titre de professeur et les façons parfaites qu'il avait de

s'exprimer, le sentiment de l'autorité qu'il représentait les amenait à tempérer en sa présence la véhémence de leurs dires.
On va lui conseiller d'aller voir ailleurs si on y est ! dit Émile.
Au Yémen par exemple, chez ses potes, renchérit Dédé.
Me permettez-vous cette remarque, fit Émile en imitant comiquement le ton docte des experts : Il n'y a pas plus fourbe qu'un Yéménite. rogue
Tu l'as dit chéri, dit Dédé, tandis que Jacques sirotait son blanc en écoutant ces dires avec l'indifférence jouée d'un musicien de piano-bar.

J'étais si plein de douleur impuissante et si tourneboulé en quittant le café que je ne perçus pas la marche de l'escalier qui menait à la rue. Je fis un bond comique qui faillit me mettre à terre et je ne sais comment je repris mon aplomb.
Qu'avais-je fait, pensai-je, quelle faute avais-je commise que je devais expier, quelle faute si grave qu'elle dispensait ceux qui me punissaient des éclaircissements que l'on doit, d'ordinaire, aux fautifs ? Je ne me l'expliquai pas.
Peut-être fallait-il que j'accepte l'inexplicable en attendant d'y voir plus clair, et que j'en prenne mon parti ? Mais je ne pouvais pour l'instant m'y résoudre. Je voulais comprendre. Je voulais absolument comprendre pour ne pas baisser les bras et ne pas retomber dans le désespoir, dans les égouts du désespoir où la maladie m'avait jeté au tout début.

Peut-être ces hommes qui n'avaient jamais eu l'idée de quitter leur village considéraient-ils mon exil comme une faute punissable et digne de mépris ? Je ressentis une telle tristesse à cette pensée qui me faisait me souvenir de mes grands-parents émigrés, que je dus serrer les dents pour ne pas qu'elle s'achève en sanglots.
Ou peut-être, me disais-je, la recherche obsédante du profit avait-elle lentement dégradé, ici comme ailleurs, les gestes anciens de l'hospitalité grâce auxquels certains, sans le savoir, avaient un jour accueilli des anges ?
La réaction de ces gens venait en tout cas me renseigner violemment sur l'écart qui existait entre celui que je croyais être devenu à force de travail et d'obstination : un professeur de français au maintien impeccable et parfaitement intégré dans l'ordre social, et la perception entièrement différente que les clients du café avaient eue de moi, puisqu'ils m'avaient pris pour un Arabe, ou plutôt pour un musulman, mais je crois qu'ils assimilaient l'un à l'autre, ils m'avaient pris pour un Arabe, c'est-à-dire, je le comprendrais plus tard à mes dépens, la figure même du suspect à leurs yeux.
Cette prise de conscience me fit l'effet d'une gifle. C'était comme si tous les efforts que j'avais déployés depuis mes dix-huit ans pour faire oublier aux autres l'endroit où j'avais grandi, corriger mes manières peuple et gravir l'échelle sociale par la voie des études, s'effondraient brusquement et me laissaient à nu.

Toujours avec sa grosse pute ? demanda soudainement Marcelin.
Toujours à fricoter devant tout le monde, répondit Dédé qui était au courant de tout.

Vers qui pourrais-je me tourner, me demandais-je, qui me délivrerait le permis de me reposer ici ? (À peine m'étais-je dit « reposer ici », que l'expression ICI REPOSE s'imposa violemment à mon esprit.) Mais en dépit de cette malheureuse association d'idées, cette question me sembla la première, depuis mon arrivée, qui me parût sensée.
Je m'y agrippai.
Ne devais-je pas m'employer désormais à rechercher la garantie de personnes honorables et moralement solvables dont le statut et la droiture feraient tomber les barrières que dressaient dans ce village l'ignorance effarée et les peurs compliquées de ces gens ? Bien que je ne susse rien ou presque des codes en vigueur dans le village, qui faisaient qu'un tel jouissait d'une excellente réputation et que tel autre encourait l'opprobre, qu'un tel était applaudi et tel autre blâmé, choses extrêmement variables d'un lieu à l'autre comme on le sait, je n'étais pas certain que la jeune fille joufflue à qui j'avais reparlé dans le bus, avec sa candeur, ses mains modestes et son chemisier apparemment mieux rempli que son compte en banque, pût m'apporter cette couverture morale et ce rempart d'honorabilité qui me vaudraient la paix.
Pas plus, du reste, que Damien, qui était justement installé sur la terrasse lorsque je parvins devant

la maison où je logeais, somnambulique, blême d'humiliation et les jambes encore chancelantes.
Mon premier mouvement fut d'aller vers lui pour lui dire ma honte d'avoir été offensé en public, une honte qui avait rallumé une douleur ancienne et que je croyais morte, la douleur qu'on puisse lire, dans mes manières et ma personne, les ???? mal assumés de mes origines soc???
Ce soir plus que jamais, j'???????????? de parler à un autre, no?????????????? pour me plaindre de la cr?????????? ?nt j'avais été l'objet et de la hom?????? ?e qu'elle avait ranimée, que pour vérifi? ?ue je faisais encore partie de la communauté des hommes.
Mais Damien était si occupé devant sa tablette qu'il répondit à peine à mon salut.

Durant tout le mois de juillet, les esprits s'enfiévrèrent dans le Café des Sports, avec, par en dessous, une grogne, une irritation inhabituelles, un mécontentement croissant et qu'on sentait prêt à exploser à la moindre étincelle.
Ce soir-là, on évoqua les entourloupes politicardes des baratineurs qui nous gouvernaient, la pluie qui ne venait pas sur la terre qui avait soif, les femmes et leurs griefs le plus souvent biais et glissés sur un ton de vertu douloureuse, à vous rendre cinglés. On fulmina contre les gros qui mangeaient les petits depuis que le monde est monde, contre le boucan des mobylettes dont les adolescents démontaient les silencieux aux seules fins d'abréger leur sieste (qui était ici une religion), et contre l'inquiétant

aveuglement de ces mêmes bêtas devant le contrôle total de leur vie par leur Facebook et leur Twitter où fièrement ils s'exhibaient comme des godasses en vitrine, et le pire c'est qu'ils en étaient fiers, mais quels couillons, quelles andouilles !
Il y avait aussi les maladies, journellement accusées de gâter l'existence.
Et ton cholestérol ? s'enquit Émile.
Il est haut, dit Dédé, découragé. J'ai plus droit à rien.
C'est dur, dit Émile.
Plus de mayo, plus de rillettes, plus de rien ! dit Dédé.
Je pourrais pas, dit Émile.
Plus de crèmes glacées, dit Dédé
C'est très dur, dit Émile.
Plus de jambon, dit Dédé.
L'horreur, dit Émile.
Plus de saucisse de Toulouse, et plus aucune friture, dit Dédé.
Je te plains, dit Émile.
Tu peux, dit Dédé.
Putain de vie, dit Marcelin pour dire quelque chose.
En tant que cafetier, Marcelin était tenu de meubler ou relancer les parlottes, et de prononcer, du moins de temps à autre, des paroles feignant l'intérêt pour autrui. Les maladies lui fournissaient un sujet excellent. Particulièrement le cœur et la prostate, du miel pour la conversation. Avec les morts et les enterrements bien sûr. Très prisés. D'un tel qui avait rendu l'âme et son petit capital, parti directement sur le compte de sa veuve, laquelle désormais menait grand train, la garce, elle l'emporterait pas au paradis, de tel autre foudroyé dans son lit d'un

infarctus fatal et dont on refaisait la biographie, en bien mieux, que le pauvre repose en paix !, parler des morts augmentait le désir de se saouler la gueule. Le sujet du terrorisme jouissait lui aussi d'une grande faveur, indissociable de celui, entêté, obsédant, de l'immigration dangereuse. Et enfin, inépuisables et passionnées, il y avait les méditations sur cette saloperie qu'est la vie. Ou cette rigolade. Selon les jours et le contexte.
Mais tant qu'on tient la rampe... ajouta Marcelin dans un accès de stoïcisme assez rare chez lui.
Petit silence philosophique qui les mit tous trois en mode repos.

J'étais si démoralisé, si défait, que je n'eus pas la force d'aller me réfugier dans la forêt des Combes. Je n'avais plus de jambes. Je me sentais littéralement brisé, encore plus brisé qu'au temps du Teroxtrate.

L'inventaire des misères était cependant loin d'être achevé. Car une autre chose les travaillait qu'ils étaient impuissants à traduire, une autre chose qui obscurément les minait, je ne sais quelle frustration, je ne sais quelle spoliation, je ne sais quels repentirs, quels remords, quelles hantises, je ne sais quelles dettes et quels remboursements, un trou peut-être en eux, un renoncement qui les rongeait, une douleur confuse à laquelle Dédé tenta une nouvelle fois de donner forme, aussitôt relayé par Émile, sous le regard d'autorité morale de Marcelin, lequel orchestrait les homélies :

Y a des choses qu'on peut pas tolérer ! dit Dédé en secouant vigoureusement sa tête.
Surtout quand elles touchent à la morale ! dit Émile, offusqué.
Que l'étranger se tape la serveuse en chaleur, passe, maugréa Marcelin en essuyant son comptoir. Qu'il soit un rabatteur de touffes (le ton montant progressivement) et qu'il se fasse sucer par des putes, passe. Mais qu'il vienne s'incruster ici, dans mon café, dans mes meubles, chez moi, pas question ! rugit-il.

Enfermé dans ma chambre, je ne cessais de ressasser l'affront que j'avais essuyé dans le Café des Sports et mon cœur était gros d'un ressentiment qui s'étendait, qui s'étendait, qui s'étendait jusqu'à m'occuper tout entier au sens militaire du terme.
J'étais repris par des pensées méchantes, de plus en plus méchantes, de plus en plus acrimonieuses et noires et acérées, des pensées qui m'eussent paru méprisables et même inconcevables deux mois auparavant.
La nuit m'envahissait. Je devenais mauvais. J'imaginais des choses affreuses contre le cafetier et ses sbires. J'exerçais sur eux de cruelles rétorsions, des saloperies en tout genre. Je leur infligeais des écrasements de génitoires, des torsions de membres, des pressions de globe oculaire, mille méchancetés raffinées que j'avais vues au cinéma, tout en me sachant incapable, par manque d'envergure physique et mentale, de les réaliser. En revanche, j'envisageais sérieusement d'écrire et de rendre publics le compor-

tement abject de ces brutes en guise de vengeance, et en l'exagérant, et en forçant le trait, et en rajoutant s'il le fallait, pour être cru, l'un n'allant pas sans l'autre, semblait-il. J'y étais prêt.

Les moments passés dans l'autobus avec Mîna chaque jeudi étaient les seuls où mes facultés mentales se décrispaient, et mon corps aussi du même coup se décrispait, et ma respiration et mon sang et tout mon être se décrispaient, et c'était bon, c'était merveilleusement bon.

Mîna continuait de se raconter sans l'ombre d'une défiance, sans l'ombre d'une prudence, à cœur ouvert et débordant, à cœur candide. Et j'étais infiniment heureux d'avoir obtenu son entière confiance, sans en comprendre du reste la raison. Elle qui se croyait laide parce qu'elle avait de l'embonpoint, et qu'un simple mot, une simple intonation pouvaient blesser en ravivant le sentiment de sa disgrâce (c'est ce qu'elle m'avait confié dès le début de notre lien), semblait trouver à ma présence une sorte de bonheur tranquille. Du plus loin que je me souvienne, je n'avais eu qu'exceptionnellement le sentiment d'apporter à un autre une forme de bonheur tranquille. Et ce sentiment que je redécouvrais avait pour vertu de m'apaiser à mon tour et de me conférer du courage et même de la joie, le temps d'un trajet en bus du village à l'Institut Saint-Christophe, soit quarante-cinq minutes. C'était peu. C'est le temps que durent les bonnes choses, aurait dit ma grand-mère qui avait une vision de la condition humaine encore plus pessimiste (me l'avait-elle transmise ?) que celle

d'un Schopenhauer. Pessimisme, je le précise par souci de vérité, dans lequel les circonstances de son exil jouèrent un rôle non négligeable.
Je passais, disais-je, mes jours à attendre de revoir Mîna et à remâcher l'affront et mes ripostes aussi sanglantes que fictives à cet affront. Je n'avais plus en tête que ces deux lancinances, lesquelles se livraient un duel exténuant.
Ce n'était pas exactement la vie paisible dont j'avais rêvé pour ma convalescence sous le ciel lumineux du Midi (depuis peu, je disais ma convalescence, en vue de me rassurer sans doute, mais aussi parce que le dernier scanner que j'avais passé semblait indiquer quelques progrès dans le processus de guérison).

Afin de se rendre intéressant aux yeux de Marcelin, Dédé s'était renseigné sur la pute du Colibri.
Car Dédé s'évertuait depuis plus de vingt ans à complaire éperdument à Marcelin, à opiner à tous ses dires, à les dégurgiter aussitôt qu'avalés, et parfois même à les devancer en les faisant plus mordants encore et plus radicaux, avec le plaisir enfantin de celui qui se risque un court instant à dépasser son maître. Tout ceci avec des résultats fort mitigés, il fallait bien le reconnaître. Émile, que ce comportement insupportait, disait que Dédé avait l'âme d'un larbin et qu'à force de ramper aux pieds de Marcelin, il allait s'abîmer le caractère, et les genoux.
Elle s'appelle Singh, annonça Dédé, tout fier de sa nouvelle. Mîna Singh. Son père est arrivé du bout du monde sans rien comprendre au français, et la première salope qui lui a ouvert ses cuisses a fait

l'affaire. Manque de pot, elle était zinzin, mais il s'est aperçu trop tard qu'elle délirait complètement. Bref, quand il l'a compris, il a décampé en moins de deux, laissant la folle avec sa fille et un fils qui était né entre-temps.

Et voilà le résultat ! s'écria Marcelin, jamais en retard d'une indignation et qui n'aimait rien tant que déployer ses foudres et jeter ses éclairs. Voilà où mène une politique laxiste en matière d'émigration !

Moi je serais d'avis de lui dire deux mots, à la serveuse, pour qu'elle se calme question cul, proposa Dédé.

Qu'elle se fourre quelques glaçons dans la chatte, dit Émile, allumé.

Ou qu'elle aille se faire sucer ailleurs, dit Étienne tout aussi excité.

À présent, je rendais responsable le village tout entier de l'humiliation que m'avait infligée le cafetier. Et dans ma chambre, je le maudissais, je l'agonisais d'injures, je le traitais de patelin de merde, de hameau de tarés, de ramassis d'ignares, de tas de fachos, de trou du cul du monde, de bled de coufards, de bande d'enculés, de fumier de sa race... Je retrouvais le langage de la cité où j'étais né. Sa volupté.

Quelques personnes cependant échappaient encore à mes rageuses malédictions, et madame Simon était l'une d'elles.

Madame Simon, mère de Damien, épouse du fameux Dédé, et propriétaire de la maison où je louais une chambre, s'était toujours montrée bien disposée à mon endroit. Elle m'apportait régulièrement les restes de ses repas dans un très-pratique-Tupperware, car elle avait une passion pour les très-pratiques-Tupperware. Elle en possédait toute une collection de formes et couleurs diverses.

Je la remerciais chaque fois avec l'effusion adéquate, bien que je jetasse presque toujours à la poubelle ses restes refroidis et peu appétissants, leur préférant de loin mes boîtes de sardines (j'avais un côté ascétique qui s'était accusé, je ne sais pourquoi, avec la maladie).

Puis je m'empressais de lui restituer son très-pratique Tupperware dûment lavé, parce que je la savais méticuleuse, assoiffée de propreté, et traquant avec un flair de canidé les traces sales laissées par son négligent autant que paresseux époux. Et je la re-remerciais. Car non seulement je n'avais pas les moyens de me défendre contre son effréné altruisme, mais je me devais de la re-remercier eu égard à sa grandeur d'âme et à son présent si adorable, si généreux et d'un goût si délicieux (tout assisté raisonnable se devant de remercier son donateur deux fois, sinon plus, pour les rogatons que celui-ci a eu l'extrême bonté de lui fourguer).

Madame Simon avait cette autre particularité de toujours s'exprimer avec des airs précieux (cette particularité allait-elle de pair avec la précédente ?, je veux dire avec son bon cœur qui la perdrait, comme elle le disait elle-même, car elle aimait trop aider les autres et voler à leur secours) et des expressions guindées, disant par exemple lorsqu'on sonnait à sa porte : Donnez-vous la peine d'entrer, formule

dont l'usage, assez inusité je crois, lui paraissait d'un grand raffinement, si grand qu'elle n'accordait ce privilège qu'aux rares heureux (dont je n'avais l'heur d'être) qui bénéficiaient d'un revenu mensuel égal ou supérieur à quatre mille euros par mois.
Quelle ne fut donc ma stupeur lorsque la préraphaélite et très sucrée madame Simon me répondit, un matin, après mon Bonjour comment ça va auquel se réduisait notre intimité : Ça ne va pas du tout, ras le cul !
Avez-vous des ennuis de santé ? lui demandai-je, la première stupéfaction passée.
J'ai que j'en ai ras le cul, mon bon monsieur, me répéta-t-elle.
Votre mari m'a pourtant dit hier, hasardai-je, que vous...
Parlons-en de ce fumier ! s'exclama madame Simon. Tout sourire devant et tout fumier derrière, si vous voulez savoir. Ça fait longtemps que ça mijote et que je mets le couvercle dessus, mais là, ras le cul ! Il faut que ça pète !
Ah la vie commune, soupirai-je, pris de court.
C'est l'horreur ! s'exclama madame Simon. Surtout depuis quelques mois. Mais ça a commencé bien avant, ça a commencé au tout début si je suis honnête avec moi. Mais je me la fermais, mon bon monsieur. Ferme-toi-la, je me disais, ferme-toi-la pour notre fils qui n'y est pour rien. Mais aujourd'hui, ça pète, ras le cul. Rien que de le voir, ça m'énerve. Toujours à faire l'important, monsieur je-sais-tout, monsieur a réponse à tout, monsieur a toujours raison. Et moi, à côté, je suis quoi ? C'est à peine

s'il me calcule. Je me demande s'il se rend compte que ma sciatique me fait souffrir le calvaire. Je me demande même s'il me voit. Un jour j'ai tout balancé à mon fils Damien, qui est de mon côté Dieu merci. Ca m'a coûté, mais je lui ai tout balancé, tout, tout ce que je savais sur son père, tout ce que j'avais appris par les allusions des copains, les massages tantriques en Thaïlande et toutes ces cochonneries qui me retournent l'estomac. Mon fils était choqué, même s'il a rien dit. (Elle reprit sa respiration.)
Mais ça, c'est pas le pire. Le pire c'est de se le farcir tous les soirs que Dieu fait. Tous les soirs à rien foutre, ce qui s'appelle rien foutre. Bouge ta couenne, je lui dis. Mais lui, impassible sur son canapé, à dire moi moi moi, moi moi moi et à me traiter comme il n'oserait pas traiter notre chien Achille. J'en peux plus. Ras le cul. De toute façon, y a que deux choses qui comptent pour lui : la chasse et les copains du café. Rien d'autre. (Elle marqua une pause.)
Et on me fait passer pour une râleuse ! (Nouvelle pause.)
Je ne sais pas pourquoi je vous dis tout ça, il vaudrait mieux que je me la boucle.

La conversation au Café des Sports roulait encore et encore sur la question du nouvel arrivé autrement passionnante que les considérations horticoles sur l'essor inquiétant du bio, autrement cabrée, autrement râleuse et renâcleuse et rancuneuse et autour de laquelle tous s'accordaient, à quelques nuances près, s'accordaient

contre, faut-il le préciser, ce contre-là, contre un intrus, contre un système, contre le ciel, contre la presse, contre le rap, contre le temps, contre la mort, contre le mal, contre les dernières lois votées, contre ceux-là qui les contraient, contre, contre, contre, contre, contre, ce contre-là incarnant aux yeux de tous les habitués (Jacques y compris, en quoi ce dernier était bien français) la grandeur de l'âme française (et ses ornières, ne pouvait s'empêcher de penser le même Jacques, qui avait souvent l'esprit partagé).
Moi je le trouve d'une arrogance ! bougonna Émile.
Il fait le crâneur, mais il va pas crâner longtemps, je vous le dis ! se fâcha Étienne.
Mais pour qui il se prend ? s'écria Dédé, l'air indigné.
Pour le vizir des *Mille et Une Nuits* ou quoi ! dit Étienne
Pour le roi du pétrole Sir Muammar Ben Kaka ! dit Émile en éclatant de rire.
Il lui manque plus que le turban et les babouches ! ricana Marcelin.
Le problème se disait Jacques, qui n'avait pas dit un mot depuis son arrivée, le problème c'est que je n'arrive plus à leur parler, c'est que je n'arrive plus à leur dire sincèrement ce que j'ai dans le cœur, le problème c'est que j'ai l'impression qu'on ne parle plus du tout la même langue, c'est que je ne les comprends plus. Et je sens lentement que je m'éloigne d'eux, que dans mon cœur je les quitte, et que je ne peux rien contre ce mouvement.

Sans doute aurais-je dû glisser obligeamment à madame Simon des mots de réconfort, prôner

l'apaisement, l'inviter à la clémence, à la tendresse, à la réconciliation conjugale, à l'amour même, que sais-je.
Au lieu de quoi, je restai muet devant tant d'aigreur et de hargne, embarrassé pour elle mais incapable d'esquisser la moindre parole de sympathie. Il est vrai que je n'étais pas d'un naturel démonstratif. De plus, je manquais sérieusement d'entraînement locutoire et j'avais le sentiment que, à force de ne pas user des mots de l'amitié ou de l'amour, ils s'étaient atrophiés au point de disparaître. Mais les causes de mon mutisme étaient, je crois, ailleurs : quelque chose de sombre en moi me poussait à me comporter tel que la plupart dans ce village me percevaient et ce quoi que je fis : comme un suspect, comme un coupable, comme quelqu'un en tout cas dont il fallait énormément se méfier.
Madame Simon, tout en ébullition, et sans doute vexée par mon peu d'empathie manifeste, tourna tout à coup les talons.
Au bout de quelques mètres, elle s'arrêta net comme si elle se ravisait, fit une brusque volte-face, et me lança sur un ton aigre : Je n'aime pas beaucoup qu'on se monte le cou !
Cette expression « se monter le cou » me parut d'une extravagance sans exemple, et j'aurais pu en sourire, intérieurement. Mais la nuance péjorative dont elle était chargée ne m'annonçait rien qui vaille.
J'avais, bien malgré moi, froissé son amour-propre. J'en eus tout aussitôt du regret.

Ce qu'il lui faudrait, c'est une bonne raclée, dit Dédé à sa femme. Un bon coup de pied dans les couilles, ajouta-t-il, tout frémissant.

Afin que le regret d'avoir désobligé madame Simon ne se mue en tourment, car c'est la pente naturelle des regrets que de se transformer en tourments si on ne leur barre pas la route sur-le-champ, j'essayai, une fois dans ma chambre, d'ouvrir l'un de ces romans que j'avais tant aimés dans ma vie d'autrefois et dans lesquels j'avais souvent noyé mes petits chagrins, dans lesquels je peux même dire que je m'étais noyé tout entier, avec délice, avec ferveur, avec vénération.
Il s'agissait d'un vieil exemplaire écorné de Bouvard et Pécuchet *que j'avais acheté à Paris, bien des années auparavant, lorsque étudiant à la Sorbonne je m'exaltais pour l'œuvre de Flaubert. Je commençai par lire l'incipit : « Comme il faisait une chaleur de 33 degrés, le boulevard Bourdon se trouvait absolument désert. » Mais je dus constater que je glissais à sa surface, que la page ne m'offrait aucune prise, qu'elle était comme une piste glacée, et je restais le livre ouvert sur mes genoux, incapable de poursuivre la lecture, tout déconfit.*
Je n'aurais pas voulu repenser à Lucile à cet instant précis. Pas dans un tel moment de désarroi. Pas après les paroles vexées de madame Simon et les orages qu'elles annonçaient. Pas après ma bévue sur laquelle je ne pourrais peut-être plus revenir. Et pas après avoir glissé à la surface de

Bouvard et Pécuchet *sans pouvoir en empoigner le texte, sans pouvoir y entrer comme on dit, laissé à sa porte, penaud.*
Mais comment contrôler ce qui vous vient en tête quand ce qui vous vient en tête a passé le péage du cœur, sitôt eus-je écrit cette phrase, que je trouvai ridicule la métaphore du péage, et je la biffai plusieurs fois.

Pour moi, il nous en veut. Mais qu'est-ce qu'on y peut, nous, s'il s'est cassé de son chez-lui à la légère ? dit Émile.
Y a pas idée ! dit Dédé.
Moi je trouve qu'on est un peu injuste avec ce type, dit Gérard. Il a rien fait de criminel, que je sache.
Il a rien fait de criminel, peut-être bien. Mais avoue qu'il y met pas beaucoup du sien, dit Dédé très fâché.

À titre de réparation et pour que me fût pardonnée mon indélicatesse, je m'étais promis de proposer humblement mes services à madame Simon : faire pisser son chien Achille, tondre sa pelouse, arroser ses plans de courgettes, laver sa 308, ou accomplir n'importe quelle tâche manuelle dans sa maison dont elle était si fière.
Car les Simon avaient de quoi, c'était la formule dont on usait ici pour dire qu'ils avaient du bien. Leur villa de rêve, comme ils disaient, leur avait été léguée par le père de madame, propriétaire d'un gros commerce d'engins agricoles, et madame y tenait davantage qu'à la prunelle de ses yeux.

Comme elle adorait l'art (la peinture est mon violon d'Ingres, déclarait-elle à ses voisines, les yeux mi-clos et aux lèvres le sourire énigmatique de l'artiste), elle avait décoré son salon et sa salle à manger de peintures à la gouache réalisées de sa main : une vahiné sortant de l'onde avec une aberrante ceinture de bananes autour des reins, une Orientale couleur café enturbannée d'un foulard rose, et une girafe à carreaux jaune et noir dans un désert orange vif, œuvres devant lesquelles tout visiteur introduit se devait de stationner quelques instants et si possible s'esbaudir ainsi que le stipulait la tacite étiquette, quel style ! quelle construction ! c'est absolument ravissant ! et comme c'est finement senti !, etc.

Car Dédé était remonté. Très remonté. Et il ne voulait pas laisser au seul Marcelin l'exclusivité de l'indignation vertueuse et de la riposte sévère qui nécessairement la parachevait si on était un mâle digne de ce nom. Il n'était pas le dégonflé que d'aucuns s'imaginaient ! Lui aussi en avait gros sur le cœur ! (Il disait modestement la patate.) Et lui aussi pouvait ouvrir sa gueule contre celui qui, depuis bientôt sept mois, semait le désordre dans le village et jusqu'au sein de sa propre famille pourtant unie comme les cinq doigts de sa main ! Il avait eu la bonté, la connerie corrigea-t-il, de louer une chambre à un étranger. Grossière erreur ! Il se retrouvait aujourd'hui avec, entre ses murs, un type qui se comportait avec sa femme comme un vrai gougnafier.

Émile aussitôt lui apporta fraternellement son soutien :
Je trouve qu'il pousse le nouveau. On l'héberge, on le tolère, le maire a mis gracieusement une bicyclette à sa disposition avec des freins refaits à neuf !
Il a tous les atouts de son côté : du temps à rien foutre et
Et à foutre !
Il devrait s'estimer heureux, bon Dieu !
Eh ben non ! Pas un mot gentil, pas un petit merci, aucune reconnaissance, rien !
Bernique !
Voilà ce qu'on récolte ! Voilà comment qu'on est payé de retour !
Qu'est-ce qu'il lui faut d'autre à ce prince ? Le cul de la crémière ?

Je m'apprêtais, disais-je, à lui proposer humblement mes services, mais madame Simon avait dû se repentir de s'être laissée aller étourdiment à des confidences conjugales (que l'on glisse d'ordinaire à des péquins de passage qui les écoutent d'une oreille et s'empressent de les oublier, mais dont la confession soulage provisoirement le cœur), car depuis quelques jours, elle répondait à mon salut du bout des lèvres et comme s'il lui en coûtait.
Denise Simon me battait froid. Sans doute pour me punir de s'être abandonnée sans retenue à des épanchements peu distingués et dont elle était probablement honteuse. Oserais-je avouer que l'idée de ne plus subir sa charité condescendante et de ne plus lui être redevable m'ôta un poids de la poitrine ?

Et quel jeu qu'il joue à faire l'huître ? s'emporta Émile.
Ça s'appelle de l'ostracisme, dit Marcelin, important.
De quoi ? dit Dédé. (Marcelin ne daigna pas répondre.)
On dirait qu'il se méfie de nous, suggéra Gérard, pour dire quelque chose.
Et si c'était que ça ! s'emporta Dédé qui en était à son troisième jaune. Ma femme, avant-hier, a essayé gentiment de lui parler pour lui montrer qu'on n'était pas des sauvages comme il a l'air de le penser, eh bien en retour : pas une parole aimable, pas un sourire, pas une marque de gratitude ! Rien ! Le coup du mépris ! Denise, ça lui est resté sur l'estomac, sensible comme elle est, la pauvre ! J'ai dû lui faire boire une petite fine pour qu'elle se remette d'aplomb. D'ici qu'elle en fasse une maladie, elle qui se fait des cheveux pour rien ! Mais lui mater le cul et les nichons, ça oui ! ça il sait faire !
On va te le lui guérir son vice, dit Marcelin.
Tu me sers un rosé bien frais s'il te plaît ? dit Émile.
C'est un Listel, expliqua Marcelin en s'épongeant le front de son bras.
Un vin bien de chez nous, précisa Gérard.
Et pas de la piquette ! s'exclama Émile en faisant claquer sa langue.
Avant que les Chinois nous concurrencent, dit Gérard, c'est pas demain la veille !
Oui, mais il faut s'en méfier des niakoués, dit Dédé.
S'ensuivit un débat sur le péril jaune en matière de concurrence vinicole, péril pour leur région,

mais pas que !, et sur l'absence totale de décisions susceptibles de stopper ce danger qui ne pouvait manquer de conduire à la ruine le pays tout entier. Débat qui eut un effet démoralisant sur les trois clients du Café des Sports, qui restèrent un moment muets et taciturnes.
Si ma petite leçon lui a servi à rien, il faudra peut-être qu'on lui remette les points sur les *i*, lança brusquement Marcelin pour ranimer l'ambiance.
S'il ne tenait qu'à moi ! dit Dédé.
Moi je sais pas ce qui me retient de lui faire sa fête à ce type, dit Émile.
Il paraît que l'Étienne, ce matin, a fait sa fête à un marcassin qui claquait des dents tellement il avait peur, dit Gérard afin de dévier le cours d'une conversation qui l'oppressait sans qu'il sût dire pourquoi.
Pauvre bête ! dit Émile en feignant de sangloter.
C'est trop triste ! l'imita Dédé.

Mais si madame Simon me battait froid, Mîna, en revanche, continuait dans le bus de me murmurer ses secrets. Des secrets infiniment tristes, comme le sont tous les secrets peut-être, mais le seul fait qu'elle me les confiât, inexplicablement, m'apaisait. Mîna était inquiète, ce matin, pour son petit frère Bala. Depuis le départ de leur père, Bala vivait avec sa mère dans le 16ᵉ arrondissement de Paris où ils étaient montés en 2014, sur un coup de tête de la mère, persuadée que la vie là-bas y serait mieux faite qu'en province pour les femmes abandonnées, avec un enfant à charge et sous halopéridol deux milligrammes trois fois par jour.

Mais la pièce qu'ils partageaient, au dernier étage d'un immeuble bourgeois, était si exiguë qu'ils n'avaient réussi à y introduire qu'un lit en quatre-vingt-dix.
Au début, ils avaient tenté de dormir tête-bêche, mais partager la même couche levait en eux une indicible angoisse. Alors ils avaient trouvé la solution suivante : la mère se couchait la première à 20 heures, se levait à 1 heure du matin, s'installait en s'efforçant de se rendre invisible devant le poste de télévision qu'elle regardait le son coupé, se glissait à 4 heures du matin dans la salle de bains en déplaçant le moins d'air possible, faisait une toilette furtive avec d'infinies précautions de silence, s'habillait à tâtons dans le noir, puis partait sur la pointe des pieds pour faire des ménages dans les bureaux de la tour Montparnasse.
Quant à Bala, il se couchait à 1 heure du matin et restait au lit jusqu'à 7 h 30, ce qui était très insuffisant pour un garçon de son âge. Et les professeurs se plaignaient de le voir bâiller à longueur de cours et obtenir des résultats extrêmement médiocres. Surtout en mathématiques.
Que faire, Anas, que faire ? me demanda Mîna. Et son regard qui cherchait le mien était le plus poignant du monde.

Ils pourraient tout de même avoir un minimum de décence !
Se tenir proprement au lieu de niquer par les yeux !

En l'écoutant, je n'avais pu m'empêcher de penser que ce que je croyais être la plus terrible épreuve

et un chagrin plus lourd que le sable des mers, le cancer et sa funèbre escorte, étaient moins désespérants que ne l'était sans doute l'enfance foutue, irréparablement foutue du petit frère de Mîna, dans un pays civilisé et chrétien et démocratique et en paix et riche et pourvu de cent chaînes de télévision et défenseur des droits de l'homme et non paralysé par un régime de terreur.
Oserais-je avouer que j'en avais conçu une forme de consolation ?
Je ne dis rien à Mîna de cette affreuse arrière-pensée (et il m'en coûta de l'écrire, les choses, curieusement, m'apparaissant plus graves lorsqu'elles étaient écrites).
Je posai ma main sur la sienne. Et nous restâmes là, sans parler, nos mains liées diffusant dans nos corps une chaleur, une douceur que j'avais complètement oubliées et que je pensais perdues à tout jamais.

Qu'ils aillent faire leurs cochonneries ailleurs, putain !
Ou qu'ils fassent payer le spectacle !

Mais il est dit que toutes les douceurs ont une fin violente, car sitôt Mîna descendue, après un dernier et délicieux serrement de nos doigts qui avait, comment le dire, qui avait nimbé mon âme, un homme s'avança en titubant dans le couloir du bus, fit une embardée jusqu'à mon siège, le visage furibond, les joues couperosées, les yeux striés de filaments rouges comme le sont ceux des alcooliques, et il

s'approcha si près de mon visage que je sentis son haleine qui exhalait une odeur d'hôpital.
Sans une explication et tout à fait hors de propos, il me lança d'une voix pâteuse : Tiens-toi à carreau avant qu'il t'arrive un pépin !
Voilà qui promettait.

Au Café des Sports, ce soir-là, on tint un congrès sur le foot, comme souvent après un match, et pour en prolonger le plaisir.
J'ai lu dans *L'Équipe* que Marek Hamsik a marqué cent trois buts depuis qu'il joue en France. Il est bon le Slovaque.
Et Benzema il en a marqué plus de deux cents avec le Real.
Il est pas mauvais non plus, il faut le reconnaître.
Oui mais si Deschamps il en veut pas, c'est qu'il a ses raisons.
Pour moi c'est la religion qui est la cause de tout.
Tu sais ce qu'on a écrit sur le mur de sa maison, à Deschamps ? On a écrit « raciste », en grosses lettres majuscules.
Est-ce qu'on a mis la main sur ceux qui ont fait le coup ?
Non. Pour moi c'est des fanatiques.
Transmission de pensée ! s'écria Dédé en levant le doigt comme un élève en classe. Il paraît que ça se précise entre le nouveau et la petite pute. Il paraît que dans le bus, il se frotte contre elle avec les yeux braqués sur ses (geste pour indiquer le volume mammaire) tandis qu'elle lui met la main sur la bosse du pantalon.

Pas dégoûtée la fille !
Bientôt ils vont faire ça sous nos yeux.
Niquer en public.
Comme des chiens.
Si c'est pas honteux !
Des types comme ça, il faudrait les...
Bel exemple pour nos enfants !
Tu m'ajoutes un glaçon s'il te plaît ?
À mon humble avis, il faudrait leur donner une petite correction à ces deux obsédés.
On peut pas laisser les principes de la morale, question mœurs, aller comme ça à vau-l'eau, tout de même ! Y a des limites !

Pour la première fois depuis longtemps me venait le désir de veiller sur quelqu'un, je veux dire sur Mîna, de la prendre sous mon aile, de la protéger tendrement et la défendre contre le mal du monde. Cela signifiait-il que lentement je revenais à moi ? Que je me réparais ? Ou que je retombais dans ce que j'avais fui et dont j'avais souhaité qu'on ne me parlât plus jamais : la cuisine des sentiments et de tout ce qui attache ?

Goûte-moi ce blanc, Émile. Tu sais d'où il vient ? De la coopérative de Barogne, mon cher. On parle du Condrieu, du Condrieu, mais y a pas qu'à Condrieu qu'on fait du bon vin ! Chez nous aussi, putain ! Ils me font rire les bourges avec leur Condrieu. Je suis sûr que si je leur servais du blanc d'ici en leur faisant croire que c'est du Condrieu, ils y verraient que du feu, ces cons.

Leur donner une petite correction au bronzé et à sa grosse pute, ça les ferait peut-être réfléchir cinq minutes, dit Dédé qui n'abandonnait pas aussi facilement sa grande idée justicière.
Doucement, doucement, dit soudain Jacques. Je vous écoute depuis un moment, les amis, et je pense sérieusement que vous déconnez. Ne le prenez pas en mauvaise part, mais je crois que vous vous montez le bourrichon les uns les autres. Je comprends que vous puissiez être inquiets devant les fureurs qui s'annoncent et le bel avenir de nos dictateurs. Moi aussi. Mais de là à vous acharner sur un type qui ne vous a rien fait…
Oh là là ! mais qu'est-ce qu'il t'arrive mon bijou ?
Quelle mouche te pique mon Jacquot ?
Tu t'es fâché avec ton directeur ou quoi !
S'il te plaît tant que ça l'étranger, on peut t'arranger le coup.
Excusez-moi d'insister, mais je pense vraiment que vous déconnez les amis. Votre penchant à broder des histoires, quoique très romanesque, vous égare. Et j'ai bien peur que ces histoires ne vous mènent un peu loin.
On dirait qu'il s'est levé du pied gauche, monsieur le professeur !
Pète un bon coup, ça ira mieux !
Si vous voulez vous désennuyer, ce que je comprends parfaitement, je suis fait comme vous, vous pourriez trouver peut-être d'autres activités récréatives tout aussi distrayantes. La belote, par exemple, idéale pour vider le cerveau de ses miasmes. Ou la pétanque. Ou le Koï-Koï.

Mais qu'est-ce qu'il raconte ?
Oh ! viens ici ma poule, que je te fasse un petit bisou.
Ces Parisiens ! C'est tous les mêmes !

Mais pour protéger Mîna, encore eût-il fallu que je fusse calme. Or depuis une semaine, je ne pouvais me défaire de l'impression pénible (l'une des plus pénibles que j'eusse jamais ressenties) que tous mes faits et gestes étaient surveillés, décortiqués et commentés dans le moindre détail par les gens du village.
Et cette inquisition m'inquiétait chaque jour davantage.
Au point qu'il m'arrivait, lorsque je m'engageais dans l'une des ruelles, de me retourner brusquement avec la sensation physique que quelqu'un derrière moi me suivait à la trace et dans une intention malveillante.
J'essayais cependant de bien faire, d'avoir un maintien irréprochable, c'est-à-dire conforme aux standards, à ce que je croyais être conforme aux standards (bien que je me méfiasse des variations locales). J'essayais d'être « comme il faut », le front modeste, la bouche idem.
Et je dois dire que c'est sans trop d'efforts que je m'adonnais à cet exercice de conformité.
Car si la maladie m'avait appris une chose, c'est à mentir sur mes apparences. À les sauver, comme on dit, en espérant sauver le reste. Et je m'y étais révélé exceptionnellement doué. Un as du trompe-l'œil.

Pour être honnête, j'avais commencé de bonne heure l'apprentissage de la dissimulation. La honte que j'avais éprouvée, adolescent, d'avoir un père ouvrier et de surcroît espagnol, la honte d'avoir grandi dans une cité H.L.M. de l'autre côté du périph, la honte de parler un français très approximatif et la honte de reproduire l'accent et les intonations populaires, toutes ces hontes m'avaient conduit, devenu jeune adulte, à cacher mes origines et à contrôler férocement les paroles, les façons, la démarche qui auraient pu, à mon insu, les trahir. Lorsque la maladie avait déboulé en juin 2014, j'étais donc déjà extrêmement bien entraîné.

Le cancer avait imprimé sa marque sur mon visage, un enlaidissement léger, une flétrissure à la fois visible et immatérielle, je ne sais comment la décrire, une sorte de grimace intérieure, un ternissement qui montait du dedans jusqu'à la surface, imperceptible sans doute à la plupart, mais qui, à moi, me crevait les yeux. J'y lisais, tous les jours que Dieu fait, ma condamnation écrite.

Or un vieil orgueil me tenait, qui m'obligeait à faire en public bonne figure, à m'apprêter comme une coquette, à passer un vernis pudique sur mes misères corporelles, et à ne pas me répandre dégoûtamment sur un mal dont nul n'avait à profiter.

Car je répugnais à la plainte comme à l'apitoiement et ne voulais à aucun prix que ma maladie se devinât. Je la déguisais si bien d'ailleurs que l'on me trouvait en général une très bonne mine, d'où l'on inférait qu'une force morale à toute épreuve me préservait de l'effondrement annoncé, tu parles.

Sauver la face avait toujours été chez moi un point fort, je l'avais hissé au sommet avec la maladie, et ce désir perdurait encore, en dépit de ma résolution récente de ne plus tricher sur les choses essentielles, résolution que j'avais inscrite au programme de mon relèvement moral, j'allais dire de mon rachat. J'essayais donc, disais-je, de faire bonne impression, d'être bien présentable, bien convenable et bien normal. Cela me semblait ici la priorité première. Les quelques fois où je sortais, je prenais soin de m'abstenir de toute extravagance. Je me vêtais comme il fallait que je me vête. C'est-à-dire fort mal. Le port d'un costume trois-pièces aurait mis, à n'en pas douter, tout le village en émoi, qui m'aurait accusé de vouloir faire genre.

Je m'efforçais d'avoir la démarche dégagée, naturelle, de qui n'a rien à se reprocher. Mais de ce fait, je ne cessais de penser à ajuster mon masque, qui était à deux doigts de glisser, je ne cessais de penser à mes bras, devais-je les balancer ou les laisser pendants et bêtes ? et mes jambes ? et mon allure ? devais-je marcher d'un pas assuré pour avoir l'air sérieux et administratif ? ou d'une foulée alerte ? mais sans trop ? J'étais si occupé à ces petits contrôles, que je finissais par me sentir gourd et affreusement emprunté. C'était raté.

Je ne passais plus devant le maudit café dont je m'étais mis à détester le patron plus furieusement encore que les flics de ma jeunesse. Je l'évitais comme font les phobiques, en opérant de grands détours par les ruelles sournoises qui menaient à la Grand-Place où le bus du jeudi s'arrêtait.

Il m'inquiète le nouveau, dit Marcelin.
Et moi donc, dit Dédé.
Il a peut-être des antécédents comme on les appelle, dit Émile.
Il est peut-être inscrit sur la liste des fichiers S, dit Dédé.
S comme salopards, dit Émile.
Moi je dis S comme salafiste, dit Marcelin.
Bien vu ! dit Dédé.
Il en a la gueule, dit Émile.
Indubitablement, dit Dédé.
Il faudrait en avoir le cœur net, dit Marcelin.
Moi je le dis depuis le début : ce type est louche, et j'en démords pas, dit Dédé.

Je veillais à me montrer à l'endroit des rares que je croisais d'une civilité sans défaillance. Je disais bonjour. Je disais merci. Je disais après vous. Je disais au revoir. J'étais à présent décidé à approuver n'importe quelle sottise, à dire du bien de tous, à tenir des propos optimistes (sans trop) et à flagorner autant que nécessaire, qui sont les quatre règles d'or d'une vie sociale réussie. Mais les occasions de les appliquer demeuraient encore tout à fait exceptionnelles.

Je m'évertuais enfin à ne pas user du vocabulaire châtié que mes années d'enseignant m'avaient amené, à la longue, à faire mien (ma revanche en somme sur une enfance mal lotie au plan lexical, je l'ai déjà dit mais j'insiste, car cette pauvreté et sa revanche furent sans conteste ce qui me constitua et qui me constitue encore).

Parce que ce bien-dire, auquel je m'étais passionnément appliqué jusqu'à en faire mon métier, je devrais même dire ma vie, semblait inspirer ici je ne sais quelle suspicion inquiète. J'avais un jour, par étourderie, usé du terme « accorte » devant l'épicière Étiennette, nous parlions je crois de madame Simon. Accorte ? s'était-elle écriée, affolée. Aimable, avais-je corrigé aussitôt. Et le visage d'Étiennette avait retrouvé dans l'instant sa forme coutumière.

Je me gardais également d'étaler ma culture littéraire ainsi que le font les cuistres un peu partout dans le monde, mais en France peut-être de façon plus accusée qu'ailleurs. Dans la salle des professeurs du lycée où j'avais exercé, les citations littéraires jaillissaient à jet continu, c'était à qui se montrerait le plus érudit, et les aphorismes de Nietzsche faisaient fureur avec les vers de La Fontaine et les Pensées *de Pascal, mon admiré.*

En repensant à cette compétition, à laquelle j'avais participé moi-même avec un imbécile enthousiasme et dont le goût ne m'avait pas entièrement quitté, je ne pus m'empêcher de rire. Mais juste un court instant. Le fait de rire seul résonne toujours de façon inquiétante. Comme le fait de parler seul. Ce qui m'arrivait, du reste, de plus en plus souvent. Je parlais seul. Comme les fous. Je m'en avisais au beau milieu d'un mot dont le silence de ma chambre augmentait l'écho. Et je me taisais sur-le-champ par crainte d'être entendu par les propriétaires et pris pour un dément.

Accoudé au comptoir, Jacques restait muet devant son verre de rosé.
Il se demandait jusqu'à quand il pourrait supporter d'entendre ces discours qu'il aurait ombrageusement réprouvés s'ils avaient été proférés par n'importe qui d'autre.
Il se demandait jusqu'à quand il pourrait les supporter sans qu'ils l'entraînent dans un engrenage odieux dont il aurait honte un jour et auquel il ne pourrait plus échapper. Devant certaines paroles, se taire, il le savait, c'était abdiquer et donner la victoire au pire.
Jacques était déchiré, et il avait le sentiment que ce déchirement était sans remède.
Il connaissait depuis des années les vies de Marcelin et de ses trois compères. Il se sentait en famille avec eux. En amitié. Il ne leur voulait que du bien.
Leurs généralisations sommaires sur la chose politique l'avaient souvent insupporté, mais il trouvait toujours des excuses à leurs égarements, à leurs débordements, à leurs…, il ne savait plus quel mot employer, à leurs débridements que l'alcool, probablement, décuplait.
Il essayait d'entrer dans leurs raisons, il essayait de comprendre de quelle fêlure, de quelle déchirure, de quelle carence incomblée surgissaient leurs colères qui n'étaient pour l'instant que verbales, et quelles plaies elles venaient imparfaitement panser.

Il avait le sentiment que leurs tempêtes et leurs foudres excédaient de très loin justement ce qu'on appelle la politique. Qu'elles étaient pures contre-paroles. Purs refus. Pures protestations contre un ennemi qu'ils ne savaient identifier. Pures façons de résister à l'ordre régnant qu'ils percevaient comme injuste et dont ils avaient du mal, comme lui, comme tous, à démêler le sens.

Il avait le sentiment qu'elles étaient (leurs tempêtes et leurs foudres) les seuls recours qu'ils concevaient pour faire un sort à leur angoisse, mais un recours qui les laissait invariablement à leur misère et à leur impuissance, quand il ne les empirait pas.

Jacques était de surcroît infiniment touché d'être considéré par Marcelin et les habitués du café comme un des leurs. Et la cordialité bourrue qu'ils lui témoignaient constituait pour lui un bienfait qui venait compenser l'indifférence polie des collègues de Barogne à son endroit.

Tout ceci pesait évidemment dans sa balance intérieure.

Il devait admettre cependant que les fulminations de ses amis l'angoissaient un peu plus chaque jour, parce que chaque jour plus virulentes, plus chargées, plus musclées, plus sordides, mieux entraînées en somme. Sportives.

Pour l'instant, il les supportait. S'il ne les excusait pas, il les supportait. Peut-être parce qu'il savait confusément que plus redoutables encore sont les haines discrètes, celles qui se taisent ou se camouflent en leur contraire, habillées de vertu, tout sourire dehors.

Mais ces précautions infinies que je prenais pour ne pas éveiller l'attention des villageois n'atténuaient en rien, semblait-il, l'intérêt vétilleux, ambigu et secrètement passionné qu'ils portaient à ma personne.
Il semblait même qu'elles l'aggravaient.
Damien me le confirma : dans leurs conversations, il n'était désormais plus question que de moi, les uns (de moins en moins nombreux) plaidant encore ma cause, les autres se perdant en conjectures apeurées qu'alimentaient les images diffusées à la télévision de migrants exténués, hagards et faméliques, qui avaient tous des visages qui leur rappelaient le mien (des visages de déracinés, des visages qui faisaient mal à voir), et qui débarquaient sur les côtes italiennes pour envahir ensuite notre sol national, des oiseaux de malheur.
En ce qui me concerne, dis-je à Damien non sans une certaine irritation et comme si je m'adressais à un mauvais élève (vieux réflexe dont je ne m'étais pas encore entièrement départi), j'aimerais assez que l'on ne se méprît pas, que l'on ne me classât pas précipitamment, et que l'on ne me collât pas je ne sais quelle étiquette totalement préconçue, totalement imaginaire et totalement fallacieuse.
Damien me regarda avec des yeux tout éberlués et comme si je lui parlais chinois.
Je fus pris d'un bref remords.
Je regagnai ma chambre, passablement inquiet des propos que je venais d'entendre.
À peine enfermé, j'arpentai la pièce de long en large pour mieux y réfléchir, mais l'espace dont

je disposais étant des plus étroits, quatre mètres sur trois pour être précis, je finis par m'asseoir sur le lit.

J'étais surpris, terriblement surpris que celui que j'étais devenu, un homme malade, esseulé et démuni de tout pouvoir, un homme nu et misérable, aussi nu et misérable qu'un chien, puisse inquiéter quiconque et a fortiori la moitié d'un village dont l'histoire remontait, je crois, au XVIIe siècle avec des familles implantées là depuis des temps immémoriaux et qui comptaient bien y rester.

Le moins que l'on pût dire était que le rapport de forces ne penchait guère en ma faveur. Et qu'il était donc insensé que j'engageasse un bras de fer, par avance perdu. Je savais, pour m'être intéressé de près à la guerre d'Espagne et avoir vu des bandes s'affronter violemment dans ma cité d'enfance, je savais qu'il était vain de projeter de mirifiques plans de victoire sans disposer des forces susceptibles de les réaliser avec quelque succès.

Le plus sage, pensais-je alors, était de laisser aller les choses à, j'allais dire à leur fantaisie, à leur allure. Ne rien brusquer, fermer ma gueule, me rendre minuscule, c'était ce que me conseillait la prudence. Faire le gros dos et attendre en rongeant mon frein que la méfiance vorace, exaltée, que me portaient ces gens, que leur méfiance pour ainsi dire amoureuse s'épuisât d'elle-même, comme s'épuisaient toutes choses, c'est aussi ce que m'eût soufflé Lucile, dont le souvenir me traversait par fulgurances.

J'essayais donc, depuis plusieurs jours, d'être sage.

J'essayais donc de me faire oublier.
Je fermais porte et fenêtres et restais reclus dans ma chambre morose.
J'étais certain ainsi d'éviter la douleur ou la honte d'une rebuffade.
Je ne faisais rien, sinon allumer ou éteindre le petit écran de télévision posé sur la commode.
Ne faire rien me semblait préférable à m'occuper mal, c'est-à-dire en lien avec les autres.
Je cultivais mon apathie.
J'aurais voulu devenir abstrait.

Nous pourtant pas méchants, dit Émile en imitant l'accent créole dans une intention comique.
Nous manger personne, dit Dédé, mort de rire.
Mais nous manger du cochon, miam-miam, poursuivit Émile tout joyeux.
Ah ça, on ne s'ennuyait pas au Café des Sports !

S'il m'arrivait de sortir, c'était tôt le matin, à l'heure où une vapeur mouvante recouvrait la campagne. Je traversais comme un voleur le village désert, à pied ou avec le vélo que le maire m'avait prêté. Et je partais dans l'aube grise rejoindre la forêt qui était devenue mon havre. Je posais le vélo au pied d'un chêne antique, puis je marchais sans bruit sur les sentiers étroits et mouillés de rosée. J'avais toujours l'espoir de surprendre au travers des feuillages le petit écureuil aperçu il y a quelques mois. Chaque jour je l'espérais. Follement je l'espérais. Mais il n'apparaissait pas.

J'avais formé cette pensée magique que je serais définitivement guéri lorsqu'il m'apparaîtrait.
Le reste du temps, je restais reclus dans ma chambre, confiné, volets clos, dans la pénombre qui était, je le découvris alors, une sorte d'usine à fomenter les souvenirs.
Et moi qui avais repoussé jusqu'ici comme une drogue dangereuse, comme un poison nocif qu'il fallait à tout prix éviter, les souvenirs de paix et de bien-être de ma vie d'autrefois, de ma vie saine et normale d'avant la maladie, de ma vie dont je croyais qu'elle durerait toujours, voilà que je me laissais emporter par des réminiscences anciennes, et je repensais à Lucile, à ses yeux infinis, à son menton têtu, à son entrain infatigable et à la force qu'elle me donnait.
Car jusqu'en juin 2014, mes forces s'étaient toujours trouvées accrues par sa présence.
Avec la maladie, je ne saurais dire pourquoi, ce rapport soudainement s'inversa. La présence de Lucile augmenta ma détresse. Et je devins pour elle un sujet d'anxiété.
J'avais une haute idée de l'amour. J'espérais sincèrement que, de me savoir désormais mortel et de n'avoir plus devant moi l'éternité à gaspiller, m'amènerait à magnifier le lien que j'avais avec elle depuis plus de dix ans. J'avais un instant rêvé que nous aurions désormais l'un pour l'autre des prévenances exquises et toutes sortes de délicieuses attentions qui, jusqu'ici, nous avaient paru superflues. Et je m'étais promis de lui offrir, dès mon lever, un visage des plus avenants en dépit

de l'extrême maigreur provoquée par la maladie, maigreur qui faisait ressortir le volume de mes oreilles déjà fort développé et venait altérer le peu qui me restait d'attraits.
Au lieu de quoi, nous nous disputions pour des riens ; nous poussions des soupirs excédés chaque fois que l'un, pour des motifs divers, disconvenait à l'autre ; une irritation sourde sous-tendait nos paroles ; nous déballions chacun notre lot de griefs ; nous nous entre-accusions avec obstination, quand nous ne nous adressions pas des reproches muets ; et nous exagérions nos moindres désaccords en les envenimant à coups de lacanismes.
Nous donnions de l'importance à ce qui n'en avait pas, pour la dénier sans doute à ce qui n'en avait que trop.
Et nous qui avions toujours considéré avec hauteur les questions soulevées par nos appartenances respectives (ses parents étaient riches et bretons, les miens pauvres et espagnols), voilà qu'à présent ces questions-là nous divisaient, Lucile me cherchait querelle à propos de mon anarchisme génétique, et je fulminais contre l'arrogance bourgeoise de ses parents dont je devais subir les opinions sur les derniers romans parus, toutes piochées dans les suppléments culturels des journaux, et resservies telles quelles avec le gigot du dimanche.

On rigole, on rigole, mais il faut pas le perdre de vue, le touriste, dit Dédé qui avait de la suite dans les idées.
Ni lui ni sa petite pute, dit Émile, émoustillé.

Tout se passait comme si les perfusions de Teroxtrate détruisaient, en même temps que les cellules malignes, ma capacité à la douceur, à la mansuétude et à la charité pour les autres. Ne me restaient qu'un accablement morne, une animosité latente qui pouvait rejaillir en colère, de pauvres vestiges d'orgueil, et un visage franchement rébarbatif vu le volume qu'occupait désormais mon appareil auditif comparé au volume total de la face.

Des malades du cul, dit Dédé.
Des lidibineux, dit Émile.
Libi ! rectifia Marcelin, qui avait l'oreille à tout.
De quoi ? dit Dédé.
Un vice de notre époque, dit Émile, YouPorn, vidéoporns, bunga bunga, golden douche, sites XXX, et *tutti quanti*. Et qui frappe nos jeunes qui croient plus en l'amour, qui croient plus aux valeurs et qui croient plus en rien.
Je suis pas d'accord, se récria Gérard. Je suis pas du tout mais alors pas du tout d'accord, répéta-t-il avec un visage malheureux. Moi j'en connais des jeunes qui…
Qui sont purs et qui matent pas des pornos, lui dit Émile, rigolard.
J'en connais qui sont bien, maintint Gérard, pour une fois ferme sur ses positions.

Et les manies et défauts de Lucile qui m'attendrissaient tant avant la maladie déclenchaient désormais en moi des colères que je n'arrivais plus à réfréner. Sa propension, par exemple, à acheter toutes sortes d'objets inutiles m'insupportait, et je ne pouvais m'empêcher d'ergoter comme un militant écolo lorsqu'elle ramenait une pelle à gâteau que nous avions déjà en triple ou quadruple exemplaire, ou une brosse à champignons qu'on n'utiliserait jamais. Parfois même, je jetais à la poubelle d'un geste théâtral l'objet nouvellement acquis et encore sous Cellophane. S'ensuivait une violente controverse politique où je l'accusais de céder au consumérisme ambiant, lui lançais que ses actes n'étaient nullement en accord avec ses idées, et pour finir lui citais en exemple Diogène qui ne possédait même pas une tasse à café ! Alors Lucile éclatait : qu'elle se contrefoutait du fric comme de sa dernière chemise ! Que ni moi ni elle n'emporterions le magot dans le trou ! Et qu'il valait mieux posséder trois pelles à gâteau que pas du tout, pauvre con ! Puis, vexée, elle se retirait dans sa chambre après avoir déclaré que la maladie me donnait décidément tous les droits et surtout celui d'emmerder le monde, pauvre mec !, tandis que, de mon côté, je m'enfermais dans mon bureau pour y chercher vainement un germe d'inspiration littéraire en relisant « Le Cimetière marin ».

Il n'est pas contagion plus grande que celle des malheureux, avait écrit Baltasar Gracián, un autre de mes admirés. Je le vérifiais tous les jours.

Certaines nuits, il m'arrivait de me demander si mon attitude exécrable était le fait de ma profonde, de ma véritable nature, d'abord masquée, corrigée, recouverte, puis révélée au grand jour par la maladie ;

et si je ne reproduisais pas à mon insu les années de ménage et de haine qui avaient indéfectiblement soudé mes deux parents. Mais le plus souvent, je finissais par me persuader que mes irrégularités d'humeur n'étaient que la conséquence malheureuse du cancer, son fruit pourri, son consubstantiel poison, ma tumeur morale en somme, argument commode sinon complaisant et qui m'exonérait de tout effort critique.

On l'a pas vu depuis cinq jours, dit Marcelin qui donnait audience derrière son comptoir.
Pour moi, il essaie de nous endormir, dit Étienne.
Il nous fait le coup de l'eau qui dort, dit Dédé.

Pris parfois d'un remord, et plutôt que d'aller débusquer mes démons et de les combattre, je tentais d'amadouer Lucile et me confondais en mille et une gentillesses. Il m'arrivait même de me fendre d'un vers : « Si je trépasse entre tes bras madame, il me suffit... » Arrête ! me hurlait-elle. Mais pourquoi cries-tu ? lui demandais-je. Tu es trop méchant ! me hurlait-elle.
Aussitôt j'implorais son pardon pour tout le mal que je faisais. Mais demander pardon c'est reconnaître ses torts, c'est prêter le flanc aux reproches, c'est donner prise à l'adversaire. C'est donc forcément s'amoindrir. Alors, mon élan poétique brisé et fort mécontent de ma faiblesse, je sautais sur la première vétille venue, je sortais mes fusils et mes piques, je brandissais mes torpilles, et je m'encolérais de la plus fulminante façon.

La colère retombée (car la colère obéit au rythme du souffle), je me disais que j'avais beau suivre scrupuleusement le protocole de soins instauré par mon oncologue et manger chaque jour cinq fruits et légumes bios, cette fâcherie chronique qui me brûlait le sang, cette fâcherie contre Lucile, contre le monde, et contre le destin qui me jouait ce sale tour, alimentait probablement mon cancer et détruisait lentement mon lien avec Lucile.
Nous nous querellions. Nous nous réconcilions. Nous nous requerellions au sujet des raisons pour lesquelles nous nous étions pris de querelle. Nous combattions sans en avoir conscience notre angoisse de mort par des angoisses auxiliaires. Nous étions devenus très inventifs en matière d'angoisses auxiliaires. Des artistes.

C'est alors que surgit cet axiome consolateur :
Tant qu'y a du pinard, y a de l'espoir.
Proféré par Émile, qui avait toujours le mot pour amuser.
On s'esclaffa, et la conversation rebondit, plus légère.
Il paraît que la Jeanne a fait ses valises, dit Étienne.
Avec les misères que lui fait cette vieille peau de Berthon, dit Dédé.
C'est une peste, dit Étienne.
On dirait que sa méchanceté la ravigote, dit Émile.
Elle va finir centenaire à ce rythme, dit Dédé.

Et Lucile, qui avait le goût de l'excès, pour qui les gens et les événements étaient géniaux ou détestables, pour qui la vie était tantôt un parfait paradis tantôt un monceau d'immondices, la moyenne et le juste milieu lui étant des notions inconnues, Lucile, en voyant mon caractère se dégrader ainsi, s'abandonnait aux sentiments les plus extrêmes, un jour elle m'accusait d'être un égoïste de l'espèce la plus redoutable, le lendemain elle s'en excusait dans les larmes, le surlendemain elle voulait mourir avec moi et partager ma tombe.

Depuis quand fabrique-t-on des cercueils biplaces ? lui lançais-je sur un ton narquois.

Tu recommences ? ripostait-elle, les yeux tout embués de larmes.

Nous ne savions plus vivre.

Nous ne savions plus nous jeter ensemble dans des projets fervents.

Encore moins être disponibles au présent de nos vies.

Nous avions perdu l'insouciance.

Nous avions perdu toute joie.

Nous évitions soigneusement de nous toucher.

Nous ne faisions plus jamais l'amour.

Et j'avais oublié la forme de ses seins où je m'étais si souvent recueilli.

Nous étions ensemble comme deux étrangers.

Et d'une certaine façon, nous mourions à notre couple avant de mourir à nous-mêmes.

C'est pour abréger cette lente agonie que je m'étais retiré dans ce village provençal à cinq cents kilomètres de notre maison commune. J'aurais voulu qu'ici ma vie recommençât, même brièvement. J'avais ce fantasme stupide que nous pouvions réinventer nos vies, se refaire, comme on dit, à la

condition d'aller dans un lointain ailleurs semer celui que nous avions été, celui dont nous ne voulions plus, et qui était devenu désormais l'étranger de nous-mêmes, et notre locataire.
Mais les choses ne se présentaient pas exactement comme je les avais imaginées à distance. Et je commençais à me demander si mon rêve n'était pas en train de se refermer sur un piège.

Denise Simon, qui manquait de sel, était partie l'acheter chez Étiennette, laquelle bavardait avec Jeanine, l'épouse d'Émile. Les trois causèrent à bâtons rompus de choses et d'autres. Elles n'avaient rien d'autre à faire. Et tout l'après-midi à traverser, les heures mornes invariablement mornes, les heures où l'on s'enlise, où l'on étouffe, où le désœuvrement traîne après lui un ennui lourd, lourd, lourd comme une épave à remorquer.
Les trois traitèrent successivement :
– du cas d'Angelina Jolie qui avait rompu avec Brad Pitt. Rupture prévisible s'il en fut, que tout le monde avait pronostiquée hormis les premiers concernés, comme souvent, comme toujours, quel mystère dans cette cécité amoureuse !
– puis de l'enterrement de Francine Pontieu (car on adorait dans le village les enterrements qui rompaient la routine et permettaient de voir des gens qui n'étaient pas d'ici).
– puis de l'importance primordiale de l'Art dans l'existence humaine, sujet lancé par Denise à propos d'une émission télévisée sur Vermeer qu'elle avait vue la veille (sujet qui revenait souvent dans

l'atelier de peinture où elle se rendait tous les mardis aux fins d'affiner sa technique et de libérer sa créativité, entravée qu'elle était – sa créativité – par la présence d'un mari totalement étanche aux mystères de la création, ceci dit yeux mi-clos et sourire métaphysique), sujet qui fit naufrage à peine abordé,
– puis d'autres sujets tout aussi maussades, pour ne pas dire éminemment ennuyeux,
– enfin, et comme si l'étranger exerçait sur les esprits une attraction irrésistible (irions-nous jusqu'à la qualifier de sexuelle ?), elles en vinrent, inévitablement, à l'évoquer. Et toute maussaderie se trouva, d'un coup, balayée :
Il a pas les yeux dans sa poche, vu comme il nous reluque.
Il est sûrement pas habitué à voir des femmes légèrement vêtues.
Ça doit lui chambouler la tête.
Et pas que la tête !
Faut dire ce qui est : il est joli garçon.
On lui donne pas d'âge.
Moi je dirais qu'il a dans les trente-cinq.
Il me fait penser à Omar Sharif quand il était jeune.
Dans le *Docteur Jivago*, quelle merveille !
Tout le charme oriental !
Tout le Levant !
Cette frisure, ces lèvres charnues !
Un beau brin d'homme, comme on dit. Un peu maigre, peut-être. Et très typé.
Très typé, très typé, moi je dirais franchement foncé.
On voit que c'est un homme à femmes.
Tout dans le regard !

De la braise !
Moi j'aimerais pas le croiser la nuit.
À mon avis, à la façon dont il nous mate, il cherche à racoler une femme pour avoir les papiers.
Il cherche à attraper une chatte, comme dirait l'autre.
Il paraît qu'il en a trouvé une, Chéri Bibi l'a dit à mon mari.
Une pauvre fille, d'après ce qu'on sait.
Une poufiasse à ce qu'on dit, avec un cul phénoménal qui la fait marcher comme une pintade.
Il paraît que c'est une serveuse.
Et qu'elle fait mauvais genre.
Y en a qui disent que c'est une pute.
Le beau ténébreux n'est pas difficile.
Dans sa situation, on fait pas la fine bouche. On prend les restes. Et on dit merci.

Je ne pouvais que le constater : ma situation au sein du village devenait chaque jour plus délicate. Je m'étais fait depuis longtemps à cette idée, à ce truisme devrais-je dire, que l'étranger était l'ennemi naturel de toute agrégation humaine, de la même manière que les fils étaient en tout temps et tout lieu les ennemis naturels de leur père ; et s'il était une question essentielle en ce monde, c'était bien celle, posée par tous les Livres Saints, de savoir comment ramener le cœur des pères vers leur fils et le cœur des fils vers leur père, mais je m'égare. Je ne nourrissais, disais-je, aucune illusion sur le sort fait aux étrangers, je connaissais par le menu mon histoire familiale et n'avais pas oublié que mes grands-parents espagnols avaient été accueillis en

France en février 1939 par des raus peu amènes. Je savais donc que le nouvel arrivé que j'étais serait inévitablement soumis à une hostilité plus ou moins belliqueuse. Mais j'étais convaincu qu'à force d'efforts, à force de patience et de persévérance, je finirais un jour par la vaincre.
Or, il advenait le contraire.
Alors que je m'évertuais à n'exister qu'à peine, j'avais la pénible impression que, pour les gens d'ici, je n'existais que trop.
Un jour où il était en veine de paroles, Damien me rapporta que certains dont son père et quelques-uns des habitués de son Café me trouvaient zarbi, autrement dit bizarre, qu'à tout instant ils m'auscultaient, et qu'ils épiaient le moindre de mes gestes. Je n'osai répondre à Damien que s'ils m'épiaient, je les épiais tout autant, et que certains de leurs aspects me heurtaient tout autant que les miens sans doute les heurtaient. À commencer par la méfiance qui rayonnait de leur visage (pour être franc, elle m'obsédait), leur diction indolente et paragogique, leur goût des choses aillées, sans parler de leur idiote satisfaction d'appartenir « au pays du soleil et de la lavande » qui les amenait à se croire à cent pics au-dessus des autres. Autant de choses qui m'agaçaient considérablement.
Damien me dit aussi que son père et tous ceux qui avaient vu mon arrivée d'un mauvais œil le criblaient de questions dans l'espoir d'attraper je ne sais quels alléchants détails sur ma personne : Étais-je originaire d'un pays arabe ? Lequel ? Y appliquait-on des coutumes barbares

comme celle de coudre les chattes d'un surjet bien serré ? Y tranchait-on les mains des voleurs à la hache ? Ou des têtes, lorsqu'elles déplaisaient ? Et comment les tranchait-on ? Au couteau électrique multifonctions ? Comme un beefsteak ? Et autres innombrables et très pertinentes questions d'ethnologie.
D'autres suivaient, inspirées par des imaginations moins enflammées et moins fantasques mais dont je demeurais obstinément le centre : Pourquoi étais-je venu me perdre ici ? Pourquoi ? Pourquoi ? Pourquoi ? Quel était mon mobile ? (Cette question les taraudait. Ils ne pouvaient concevoir que je sois simplement venu chercher un peu de solitude dans un lieu de beauté. Cela ne leur paraissait pas une motivation sérieuse. C'est pas crédible, répétaient-ils en hochant la tête chaque fois que le sujet revenait sur le tapis. Et ils restaient fermement convaincus que je dissimulais la raison véritable, que je cachais je ne sais quel inavouable secret.) Avais-je des relations louches autres qu'avec la grosse serveuse ? lui demandaient-ils. Étais-je musulman comme ils le soupçonnaient au vu de ma figure et de mes cheveux très noirs et très frisés ? Un peu musulman ? Très musulman ? Extrêmement musulman ? Autrement dit un suspect en puissance ? Laissais-je échapper des propos antipatriotiques ou carrément antichrétiens ? Savait-il où je planquais mon fric ? Et mes armes ? Ils s'inquiétaient sur mon passé et sur mes intentions présentes, très opaques, trop opaques à leurs yeux, puisque je n'avais dit à personne ce que je comptais faire, mais comment le pouvais-je puisque je ne le

savais pas moi-même, puisque j'avançais depuis ma maladie à pas aveugles au milieu de nulle part, puisqu'en plein jour j'étais au milieu de la nuit (j'avais, par poussées, quelques élans lyriques).

On m'a dit qu'il s'appelle Anas, dit Marcelin.
Ça sort d'où un nom pareil ? dit Émile
Pour moi ça sonne mahométan, dit Dédé.
Et on sait ce que ça vaut, affirma Marcelin.
La discussion se poursuivit un long moment sur le danger mahométan qui était, résuma Marcelin, une hydre à quinze têtes.
Une hydre ! s'exclama Dédé, médusé.
Oui une hydre, Ducon. Tu lui coupes une tête, et elle repousse l'année d'après. Comme les tulipes.

Ils voulaient lorgner au travers d'un judas dans le fond de mon âme, et s'enquéraient, inquiets, de mes projets cachés, de mon talent virtuose à celer mes desseins, de la cagnotte d'argent provenant de la vente du haschich que je cultivais probablement dans la forêt, de mon arrogance ou de mon effronterie ou de ma vanité ou de mon outrecuidance ou de tout ce qu'on voudrait de déplaisant qui était imprimé sur ma face (foncée), mais surtout surtout, insista Damien, de mon rapport pervers aux meufs. [Women]
Ce dernier point me confondit.
Lesquelles ? ripostai-je. Je n'en fréquente aucune. Dans une sorte de joie maligne, Damien m'expliqua que cette rumeur avait été propagée par trois ou quatre d'entre elles, Jeanne Duteux, Cécile Mougin et surtout Juliette Gabert la coiffeuse, toutes préten-

dant que je les déshabillais du regard et s'effrayant mutuellement grâce aux histoires de sexe qu'elles lisaient avec délectation dans le journal local, notamment celle qui avait fait couler beaucoup d'encre et autant de salive : l'affaire du violeur en série de Barogne, une abomination !
Mais c'est de la pure folie, me récriai-je. Depuis que j'ai quitté Lucile, toutes les femmes, excepté la jeune fille du bus dont je t'ai parlé, toutes les femmes pour moi ne sont que des ombres qui passent. C'est à peine si je les vois.
C'était la pure vérité.

Moi je le répète depuis le début : je lui trouve l'air chafouin, dit Étienne.
Chafouin ? dit Dédé.
Sournois, quoi. Comme ceux de sa race.
S'ensuivit un débat enfiévré sur la notion controversée de race humaine, prolongé d'une discussion sur les meilleures races de chiens de chasse, Dédé défendant amoureusement la race de son chien Achille, un basset des Alpes, un chien de sang comme on les appelle, bon quêteur, excessivement dévoué à son maître et qui « rapportait » bien, le top du top, s'écria-t-il.

Car je vivais, depuis la maladie, dans une indifférence totale aux choses du sexe.
Et lorsque, par exemple, je croisais une femme dans la rue, je ne croisais pas un être sexué, capable de séduction ou de charme, doté d'un visage joli ou commun, pourvue d'un corps sublime ou

disgracieux, mais une entité totalement asexuée et presque non charnelle et qui me laissait de bois.
C'est de la folie, répétai-je à Damien.
Il n'y a pas de fumée sans feu, répondit Damien avec un air entre deux airs, et il se replongea sur sa tablette numérique car il venait de recevoir une alerte sur son iPhone.

Puis la conversation revint, comme aimantée, vers la question ombilicale : celle concernant le nouveau venu et les tracasseries qu'il ne cessait de provoquer, la dernière en date de nature sexuelle, c'était couru. Pourquoi les choses détestables exercent-elles un tel pouvoir d'aimantation, se demandait Jacques, les yeux fixés sur son verre de blanc, et pourquoi je les écoute avec cette attention ?
Il paraît que le musulman, commença Dédé,
Qui t'a dit qu'il était musulman ? coupa le dubitatif et sentimental Gérard.
J'ai pas besoin qu'on me le dise, je suis pas bouché ! dit Dédé.
On n'est pas des cornichons ! dit Émile.
C'est pas à moi qu'il faut la faire ! Pas à moi ! affirma Marcelin d'un air outré.

Comment une grande partie du village en était-elle arrivée à croire, sans preuve ni fondement, de pareilles invraisemblances ? Et jusqu'où leurs folies pouvaient-elles les mener ?
Je regagnai en courant ma chambre austère, ma cellule de moine, me disais-je parfois, une pièce aux murs froids, hostiles, sans secrets, et dans laquelle

le moindre bruit résonnait étrangement comme dans les films d'épouvante, une pièce sans vie où rien ne me plaisait, ni les objets, ni les meubles, ni le poster de Venise inondée au-dessus de la commode, et qui me restait aussi étrangère que ce village, bien que j'y vivasse depuis maintenant huit mois, huit mois perdus me disais-je parfois, huit mois à soustraire du décompte.

Mais qu'est-ce qu'il lui prend de courir comme un dératé ? Ce type déraille, dit Dédé.
Il me fout les foies, dit Étienne.
Il faut qu'il s'esplique, nom de Dieu, dit Émile en tapant du poing sur le comptoir.
On va le lui faire cracher son couscous, menaça Marcelin, terrible.

L'espace d'un éclair, je me souvins de ma maison d'avant, de mon foyer, si bien nommé, de cette chaleur, de cette haleine impalpable qu'exhalent mystérieusement les endroits habités car ceux-ci respirent et vivent comme des corps vivants, je me souvins de la radio que Lucile écoutait en repassant les chemises, des bruits étouffés de vaisselle provenant de la cuisine et des éclats de voix de mon oncle Juan.
Je me laissai tomber sur le lit que je trouvai très froid, je voulais dire très inhospitalier.
Était-il possible d'assembler son esprit et de penser lucidement lorsqu'on était allongé sur un lit très inhospitalier, dans une pièce qui ne l'était pas moins ?

J'essayai.

Avec quels arguments, me demandai-je, pourrais-je dissuader Damien et les autres de ces absurdités que la peur distillait, puisque la peur comme la passion amoureuse n'étaient pas du ressort de la raison, je ne le savais que trop, ma vie avec Lucile n'ayant été qu'une série d'emportements, de rares fois divins, le plus souvent méchants et orageux, et quelquefois, je le confesse, très malintentionnés. Comment les détromper ? Comment calmer leur crainte ? Plaider non coupable pour le délit inventé de toutes pièces dont ils m'accablaient ? Protester encore et encore de mon innocence ? Les convaincre un à un de ma parfaite innocuité en matière érotique, pour ne pas dire de ma navrante, de ma déplorable inappétence devant les choses de la chair ? Ou en convaincre un seul qui aurait le pouvoir d'en convaincre deux cents ?

Quant à les supplier de se montrer plus sages, je savais cela parfaitement vain. Les supplications des faibles ne font qu'augmenter le triomphe des forts, c'est une règle que j'avais apprise très tôt dans la cité de mon enfance.

Il me vint soudain à l'esprit que les animaux, les chiens, les chats, les ânes par exemple, lorsqu'ils nous implorent du regard, finissent par nous émouvoir et nous vaincre, à la différence des hommes.

Et j'eus beaucoup de mal à m'arracher à ces pensées.

Ce soir-là, tous les visages étaient graves, au Café des Sports. Les radios avaient annoncé l'arresta-

tion d'un djihadiste, qui se faisait passer pour un migrant, sur le point de commettre un attentat de grande ampleur.
Les esprits s'emballèrent.
Et toutes les frayeurs accumulées, les rancies, les récentes et celles remisées dans le fond le plus reculé des cœurs, les furtives qui s'effacent en un rien, les secrètes qui incubent pendant des mois et des années, et celles qui croupissent durant toute une vie dans nos pauvres sous-sols, toutes ces réserves de craintes se réveillèrent comme sous l'effet d'une conflagration, remontèrent à la surface et firent sauter les dernières digues, pour déferler, violentes, sur les esprits qui chancelèrent.
On tint conseil en urgence.
Et si c'était le cas de notre touriste ? fit Dédé.
J'y ai pensé, dit Marcelin.
S'il dissimulait sa véritable mission en se faisant passer pour malade, dit Dédé.
Comment savoir ? dit Émile.
Une pression, s'il te plaît, tout ça me donne la pépie, dit Étienne.
Non seulement il reluque nos femmes avec des regards en dessous, non seulement il se tape des salopes et des filles perdues qui ont le feu au chose, mais s'il le faut, il est de mèche avec des terroristes ! résuma Dédé, tout colère.
Il a peut-être une planque d'armes dans la forêt, va savoir, dit Émile.
Et s'il faisait tout péter ? dit Dédé, dans une illumination.
Ça serait le bouquet ! dit Émile.

S'il lui prenait de faire tout péter ? répéta Dédé, le regard inspiré.
Seigneur Jésus ! Je touche du bois, dit Émile en touchant son sexe.
On serait frais ! dit Marcelin.
Bonté divine ! dit Dédé.
J'en ai froid dans le dos, dit Étienne.

Je devinais à des détails de plus en plus nombreux que l'attitude de certains villageois à mon endroit avait atteint un degré de fébrilité qui n'était pas sans m'alarmer. Je le devinais aux regards anxieux qui se portaient sur moi, aux visages qui se fermaient sur mon passage, aux conversations qui s'interrompaient net suivies de marmonnements, et aux enfants qui faisaient mine de me tirer dessus dès lors qu'ils m'apercevaient, T'es mort !
Avant-hier, alors que je sortais de l'épicerie d'Étiennette, j'avais entendu distinctement quelqu'un dire dans mon dos : Attention, il nous écoute.
Il me semblait que la méfiance du cafetier avait contaminé le village entier, et que tous à présent, ou presque tous, empoisonnés par elle, me tenaient sous surveillance avec un zèle très policier. Il me semblait que tous ou presque tous attendaient, impatients, que je fasse un faux pas, que je perde mes nerfs et provoque un esclandre en me jetant à la gorge de l'un d'eux ou me livrant à je ne sais quelle folie.
Si bien que je ne quittais plus ma chambre sans une réelle appréhension.

Il faut percer ses intentions, dit Émile.
On va le foutre au pas, beugla Marcelin tout en nettoyant la machine à café. Et on va voir ce qu'on va voir nom de Dieu ! C'est qu'il commence à me les briser, le macaque !

Pour couronner le tout, j'avais retrouvé un matin le vieux vélo que le maire m'avait prêté à mon arrivée, jeté au sol et ses deux roues crevées.
J'avais beau m'en défendre, mon angoisse grandissait devant cette malveillance qui ne cédait pas du terrain et qui même se corsait. Peut-être avais-je dérogé sans le savoir à je ne sais quelles règles implicites propres à ce village, des règles d'autant plus despotiques qu'elles étaient informulées. Peut-être ces gens prenaient-ils pour de l'agressivité ce qui n'était chez moi qu'une forme de vigilance instinctive dont je ne parvenais pas à me défaire ? Ou peut-être ma seule présence agissait-elle en eux comme un révélateur, leur rappelant contre leur gré leurs peurs et leurs faiblesses ? de la même manière qu'ils me renvoyaient en miroir une image de moi peu flatteuse, celle d'un homme seul, impuissant à se faire adopter d'un village, suscitant d'emblée d'obscures réticences et lentement gagné par le ressentiment ?
Car plus mes espoirs en une vie sereine sous le ciel azuréen (azuréen !) du Midi se désintégraient un à un, plus mon ressentiment augmentait, je le sentais, je le sentais. Il avait un goût de vinaigre.

On est pas des pédés ! s'emporta tout à coup Dédé, sans que nul ne comprît les raisons de son emportement.

Peut-être aussi, me disais-je, leur étais-je utile. Utile en fournissant à leurs frayeurs une raison solide. Il y a des espèces de frayeurs qui ne se dissipent que par des frayeurs d'un plus haut degré, avais-je lu un jour dans les Mémoires *du cardinal de Retz. Utile en leur offrant à peu de frais, voire au rabais, un ennemi commode, disponible et à portée de main, un ennemi bien avantageux en somme. Utile aussi parce que je les rassemblais et les rendais plus proches les uns des autres qu'ils ne l'avaient sans doute jamais été. Voilà que j'exhumais pour la énième fois le catalogue des pensées rebattues, celles que l'on débite régulièrement dans de telles circonstances parce qu'il faut bien s'accrocher à des explications et remonter l'enchaînement des causes, mais qui n'avancent à pas grand-chose et ne consolent même plus.*
Toujours est-il que ma présence les amenait à se mobiliser fébrilement contre un danger que j'incarnais et dont j'ignorais la teneur, un danger dont ils ignoraient la teneur tout autant que moi, je l'aurais juré, quoiqu'ils feignissent de lui donner un caractère risiblement sexuel.
Ils m'immolaient en quelque sorte pour la paix du village et la communion de leurs âmes. Immoler, communion, je sortais les grands mots, religieux de surcroît, des mots intimidants, considérables et qui faisaient un vif contraste avec la piètre situation qui

était la mienne. Mais j'avais besoin de grands mots en cette saison de ma vie. J'avais besoin de grands mots pour habiller en chic mes pauvres turpitudes.

On est pas comme ces pédés d'intellos, relaya Émile avec un temps de retard.
Moi je te les parquerais dans la cité des Mille au milieu des barbus, tous ces intellos à la con, s'enflamma Dédé, le visage féroce. Et tu verrais comment que ça leur passerait leur fameuse tolérance à la diversité.
Je te leur en foutrais moi de la tolérance à la diversité, appuya Étienne.

Même Damien à présent m'évitait et s'abîmait sur sa tablette du plus loin qu'il m'apercevait.
Lors de notre précédente conversation, il m'avait lancé sur le ton du reproche que le village, jusqu'à mon arrivée, vivait paisiblement avec ses habituelles chamailleries, ses habituelles jalousies et ses habituels racontars, mais sans problèmes véritablement insolubles. Alors qu'à présent, une partie de ses habitants s'angoissaient, montaient en épingle le moindre de mes gestes et se déclaraient prêts à me mater, c'était leur mot, et à régler mon compte. Comment ? ils y réfléchiraient plus tard. Pour l'instant, ils avaient acquis la conviction, grâce au témoignage de leurs épouses et filles tout à fait dignes de confiance, que j'étais un prédateur sexuel.
Un prédateur sexuel !
Cette accusation me sidéra.

Elle m'était d'autant plus incompréhensible que je reproduisais machinalement ici mon attitude envers les jeunes filles et les épouses de ma cité d'enfance, inaccessibles pour la plupart.

Cette absence de rapport aux femmes qui me dispensait du désir de la chair, et me délivrait des séductions, coquetteries et intrigues féminines, me convenait, croyais-je, parfaitement, tout du moins pour l'instant.

J'avais, en quelque sorte, divorcé d'avec elles.

D'ailleurs je ne bandais plus.

Et mon esprit n'était pas du tout disposé aux roucoulades et niaiseries sentimentalo-sexuelles, nourriture habituelle des affligés dans mon genre.

Si un lien m'attachait à la jeune Mîna, c'était moins en raison de ce qui se cachait sous sa jupe que parce qu'elle était tout simplement bien disposée à mon endroit. Elle me donnait l'occasion de parler et d'écouter parler et, pour incroyable que cela pût paraître, parler et écouter parler me procuraient en ce moment des joies supérieures à toute autre.

Un prédateur sexuel !

J'aurais pu rire de cette absurde allégation à laquelle je n'avais aucun droit de prétendre. J'aurais même pu en être flatté si je l'avais sue sans conséquence.

J'avoue cependant que, passé le moment d'incrédulité stupéfaite dans lequel elle m'avait plongé, elle ne cessa de me préoccuper au point que je me demandais si je ne devais pas tout simplement décamper d'ici, et en vitesse.

Les gens de ce village me faisaient décidément horreur. Et je craignais de perdre au milieu d'eux le peu qui me restait de forces.

Il nous faut réagir, nom de Dieu, dit Marcelin.
Au Café des Sports, tous étaient de cet avis. Il fallait réagir.
J'ai ma petite idée, dit Marcelin, énigmatique.
S'ensuivit un silence pendant lequel tous interrogèrent du regard le cafetier et cherchèrent à lire dans ses pensées.
Et comme si son inconscient lui soufflait la réponse :
Au fait, dit Dédé, vous connaissez la différence entre un cadavre de chien et un cadavre d'Arabe ? (Pause.) Y a des traces de freinage devant le cadavre du chien !
Elle est écellente ! dit Émile.

Un fil fragile, cependant, me retenait encore.
Nous continuions, Mîna et moi, nos chuchotants conciliabules. Une fois par semaine, je montais dans le bus qui m'amenait à l'Institut Saint-Christophe, je m'asseyais près d'elle, je posais ma main sur la sienne, et ce seul contact abolissait dans l'instant toutes ces choses qui auraient dû nous séparer, ces distinctions sociales d'ordinaire empêcheuses et d'ailleurs faites, très précisément, pour empêcher. Le seul contact de nos deux mains les abolissait, non par je ne sais quel pouvoir romantico-magique auquel de toute façon j'avais cessé de croire depuis longtemps, mais par cette pure chimie nerveuse qui se joue entre deux peaux et dont tous les amants

font l'inoubliable expérience parce qu'elle ouvre d'un seul coup un nouvel univers.
C'est sans doute ce qui avait conduit Mîna à me proposer de venir boire un thé dans sa chambre, le lundi suivant qui était son jour de congé.
Nous allions être seuls.
Et cette perspective me tenait lieu de force morale et me consolait de presque tous mes soucis présents.
Je voulais déjà que lundi fût demain.
Après avoir décidé de quitter Lucile, et encore sous le coup de ce que je pensais être mon irrévocable arrêt de mort, je m'étais demandé où je pourrais trouver encore les raisons de continuer à vivre. Je ne les avais toujours pas trouvées, et peut-être, me disais-je, ne les trouverais-je jamais. Cependant je m'obstinais. Mû par habitude, par instinct, par mégarde, ou par je ne sais quoi qui refusait de mourir, je m'entêtais dans ce qui n'était pas vraiment une vie, mais qui lui ressemblait davantage depuis que Mîna en avait entrebâillé la porte. [open slightly]

Mission accomplie ! triompha Dédé qui avait pris à la lettre la mission préventive que lui avaient confiée, mi-sérieux mi-goguenards, Marcelin et ses complices du Café des Sports.

Après plusieurs hypothèses tactiques, il avait décidé d'aller droit au but ainsi que le lui dictait sa nature directe. Il avait donc demandé un entretien avec le gérant de l'Hôtel du Pont, un dénommé Cacoin, quel nom affreux ! à qui il avait expliqué les faits saillants, saillants on pouvait pas mieux dire !, de l'affaire qui l'amenait. Et sans tourner autour du pot, tout de go,

Tout de go ? questionna Gérard qui n'avait jamais entendu cette expression.

Dédé ne se laissa pas distraire par cette oiseuse interruption et continua d'expliquer avec sa tête de bon chien qu'il avait fermement exhorté le gérant Cacoin à avoir l'œil sur le cul de la serveuse s'il ne voulait pas voir son hôtel se transformer en boxon. Il y était pas allé par quatre chemins. Paf ! Il avait tout balancé.

Le gérant n'en revenait pas, s'écria Dédé, le cou et visage rouges d'exaltation. Il fallait voir sa tête ! Il a fallu que je lui répète deux fois que la petite salope s'envoyait un métèque au vu et au su de tous. Il en était tout éberlué. Vous l'auriez vu ! Il arrêtait pas de dire Et moi qui la prenais pour une sainte-nitouche ! Et moi qui lui aurais donné le bon Dieu sans confession !

Il m'a confié n'avoir jamais tenté auprès d'elle aucun geste, disons déplacé, tant il pensait impossible d'obtenir, disons, une petite gâterie. Et il a ajouté en substance : Avec ce genre de fille, qui a un père échappé du Papoukistan et une mère frappadingue, mieux vaut se faire un nœud à la bite.

Devant ce genre de salope, tu ranges ta matraque si tu veux pas avoir d'embrouilles, résuma Marcelin, qui avait presque toujours le dernier mot, qui en tout cas s'y évertuait, pour se poser en esprit fort d'abord, et pour clore les débats ensuite, avant que ceux-ci ne s'enlisent ou ne dégénèrent en fâcheries et vaines élucubrations.

Tous les buveurs hochèrent la tête pour marquer leur totale approbation.

Sur ces entrefaites, Jacques fit son entrée, et il ne fut plus question que des perspectives météorologiques du lendemain, excellentes pour la saison.

Puis la conversation bifurqua sur l'agriculture bio, d'autant plus détestée qu'elle était à la mode dans les médias, chez les bourgeois (de droite comme de gauche) et dans les rangs de la secte végétarienne qui prospérait de manière alarmante. On évoqua ses retombées catastrophiques : la misère des rendements et la propagation dans les champs d'un chiendent vorace et envahisseur, phénomène en tous points comparable à celui qui affectait la population française, vous m'avez compris. Au total, synthétisa Marcelin : une fumisterie d'écolos fanatiques, un attrape-cons pour riches et cancéreux, et la disparition tragique à court terme des petits paysans de chez nous qui savaient marier intelligemment le moderne glyphosate avec les belles traditions du terroir.

Enfin, la soirée s'acheva sur un débriefing autour de cette question soulevée par Gérard : fallait-il, oui ou non, traiter les plants de tomates à la bouillie bordelaise ?

Bien que chaque sortie hors de ma chambre relevât pour moi d'une épreuve car je redoutais chaque fois d'essuyer de nouvelles vexations, je me rendis à l'épicerie d'Étiennette qui était l'une des rares à s'être réjouie de l'arrivée d'un nouvel habitant. Damien me l'avait rapporté : le village, dès le début, s'était divisé en deux camps inégaux : l'un, dont

Marcelin était le champion, extrêmement rétif et même résolument hostile à mon installation, l'autre, nettement moins virulent mené par Étiennette, qui s'était prononcée en ma faveur en faisant valoir trois arguments de poids : premièrement, l'arrivée d'un « nouveau » compenserait le départ des familles parties après la fermeture de l'usine ; deuxièmement, remettrait un peu d'animation dans le village qui en manquait cruellement, même si le comité des fêtes faisait son possible, vu son petit budget, en organisant des lotos dans la salle polyvalente tous les samedis soir ; et troisièmement, constituerait un atout non négligeable pour le petit commerce, les clients d'Étiennette se comptant désormais sur les doigts de la main.

Pourquoi qu'il est si souvent fourré chez Étiennette ? dit Dédé.
Il veut lui ouvrir sa tirelire ou quoi ? gloussa Émile.
Il cherche quand même pas à la baiser ! s'esclaffa Dédé.
Il faudrait qu'il y aille au marteau piqueur, dit Marcelin goguenard.
Et tous éclatèrent de rire.

Étiennette disposait artistement des pommes dans les cagettes lorsque j'arrivai devant son étal. Une affiche fanée TOUCHE PAS AU MARIAGE OCCUPE-TOI DU CHÔMAGE était scotchée sur la porte de son épicerie depuis, sans doute, l'année de la loi Taubira. Je m'apprêtais, par pure curiosité, à lire les phrases qui figuraient sous le slogan,

lorsqu'un jeune homme se présenta simplement : Augustin Laplace, et me serra la main avec chaleur.
Il avait entendu parler de moi par son père, le patron du Café des Sports. Il était heureux de me rencontrer. Il était souriant. Il avait un visage très doux avec quelque chose de vacillant dans le regard et une gaucherie dans ses gestes qui lui donnaient un air très juvénile.
Il me proposa de prendre un verre avec lui, un jour prochain, pour tailler une bavette, c'est l'expression qu'il eut, et me laissa son numéro de téléphone.
Je lui aurais sauté au cou si je ne m'étais retenu. En partant, il mit en souriant sa main sur mon épaule, et je vais sembler idiot, mais ce geste me fit frissonner de joie.
Je conçus instantanément à son endroit une gratitude que je croyais ne plus être capable d'éprouver. J'en fus infiniment heureux.
J'eus la certitude que, dans cet univers hostile qui m'entourait, rien de bas ne pourrait me venir de lui. Regarder son visage de douceur m'en avait immédiatement convaincu. Car si impensable que cela puisse paraître aux esprits cartésiens (innombrables dans notre pays, comme chacun le sait), mon enfance en cité avait développé en moi une sorte d'instinct sauvage, de don de double vue, je ne savais comment qualifier ce trait qui me faisait dire d'emblée qu'un tel était une crapule et tel autre, bien plus rarement, un honnête homme. Et jamais encore ma clairvoyance n'avait été prise en défaut.

Il est spécial, me dit Étiennette, une fois le jeune homme parti. Moi je m'en méfierais, ajouta-t-elle en se grattant la tête du bout de son crayon.
Je sentis qu'Étiennette, connue dans le village pour être volubile (elle saoule, elle saoule, disait-on), brûlait de m'en dire davantage. Mais si son statut d'épicière l'autorisait à me parler, commerce oblige, elle ne pouvait s'abaisser à se répandre auprès de l'étranger que j'étais, le premier véritable étranger du village, et ce, quoiqu'elle éprouvât le besoin douloureux de soulager son cœur, de le débonder serait plus juste, auprès des rares qui venaient la visiter (la plupart préférant, à sa petite épicerie, le Géant Casino de Barogne où tout était deux fois moins cher et d'où l'on repartait sans avoir la tête farcie des jacasseries d'une bigote mal baisée, je cite).
Étiennette, en vérité, était seule au monde, aussi seule dans son village qu'au milieu d'un désert. Damien me l'avait confirmé : bien qu'elle fût propriétaire de son épicerie, elle n'avait pas trouvé à se vendre à un mari ou un amant, pour le dire crûment. Aussi seule que moi, me disais-je, et peut-être même davantage, pour autant que la solitude fût chose mesurable. Et aussi affamée des autres que je l'étais moi-même sans que je voulusse me l'avouer. Car il était des soirs où j'aurais donné tout mon royaume (celui-ci vaste autant que chimérique) pour me pelotonner contre un corps, juste pour me pelotonner contre un vrai corps vivant.
Cependant, loin de nous rapprocher comme elle l'eût dû, cette misère qui nous était commune à

Étiennette et à moi, cette parenté d'esseulés nous amenait à nous considérer l'un l'autre avec une sorte de prudence circonspecte.

Je dis au revoir à Étiennette et je regardai s'éloigner, d'une démarche incertaine, le fragile Augustin. Je l'aimai dans l'instant.

Et je me demandai comment un tel père avait pu engendrer un tel fils.

Il était 20 heures et Marcelin était las. La journée lui avait paru interminable et fastidieuse. Et à présent, il devait de surcroît s'appuyer la dissertation enthousiasmée d'Émile sur sa soirée au restaurant Le Magnolia, où il avait fêté le cinquantième anniversaire de sa femme Jeanine, laquelle était Poisson ascendant Gémeaux, la spiritualité quoi, le rêve, le romantisme, les sentiments océaniques, le goût démesuré des choses élevées et des romans d'amour, et tout particulièrement de *L'Amour harcelant* de Sonia Fiorenti, bouleversant et tellement tellement humain. S'il savait à quel point je m'en fous, songeait Marcelin qui répondait machinalement : Ah bon ? Ah oui ? Ah ah !

Emporté par son exaltation, voilà qu'Émile s'était lancé, avec force détails, dans la description du menu d'exception, cinquante euros s'il vous plaît, boisson non comprise, mais un choix de mets je ne vous dis que ça, et avec de ces noms !

Or rien n'était plus horripilant pour Marcelin que de devoir écouter les détails d'un menu à l'heure où il aurait dû normalement se mettre à table, quelle barbe ! C'était aussi pénible que de se cogner, selon ses propres termes, les avancées, reculades, percées et redditions des romances d'amour dont sa femme raffolait car elle avait elle aussi l'âme très élégiaque, Et alors Mélisande, folle amoureuse de Jérémie, les deux appartenant à des milieux extrêmement méchants l'un envers l'autre mais que la passion avait réussi à transcender et blablabla blablabla dix minutes durant et jusqu'à la fornication, pardon l'apothéose finale.

Une lotte en cocotte au curry de Madras, persévéra Émile devant Marcelin qui, étonnamment, n'exprimait aucun agacement mais se disait en lui-même Tiens bon, tiens bon, il va bientôt atteindre le cognac conclusif.

Car Marcelin était rompu à l'exercice, ennuyeux entre tous mais commercialement conseillé, qui consistait à feindre de s'intéresser aux propos qu'on lui tenait, sans y prêter nulle attention et tout en s'appliquant à bâiller par les narines, un peu à la façon des psychiatres. Ça rentre par une oreille et ça ressort par l'autre, se vantait-il parfois auprès de ses intimes.

Mais sa règle absolue était de ne jamais désobliger le client. Jamais. À la condition toutefois que le client se tînt à sa place. Qu'est-ce à dire ? Qu'il ne vienne pas lui marcher sur la queue ! Sinon, gare !

C'était estra, continua Émile. Vraiment estra. Une glace au melon à se lécher les doigts (Dieu merci, il était parvenu au dessert). On s'en est mis plein le cornet. Surtout moi. C'est que j'ai un bon coup de fourchette.

Et une bonne descente, compléta Marcelin, à qui ce récit avait ouvert l'appétit et qui bouillait intérieurement du désir de rentrer chez lui.

Je repensai à Augustin, tout frêle, les cheveux jaunes comme son père, et le visage tellement désarmé, tellement exposé qu'on se prenait à avoir peur pour lui.

Émile, tout emballé par sa soirée de rêve et lancé dans un récit qu'il avait du plaisir à prolonger, eut le malheur de préciser qu'à la table voisine de la sienne dînait le fils Jonat, l'aîné des trois, celui qui s'était marié avec la fille Escande, la grande bringue, la fille du menuisier. Et le fils Jonat lui avait appris qu'il s'était lancé dans une affaire de taille d'arbres et d'entretien des parcs et jardins, laquelle marchait du tonnerre de Dieu.
Marcelin à ces mots aussitôt s'assombrit.
Car ces mots affectaient douloureusement son cœur de père qui aurait tant voulu voir son fils fonder une entreprise, une startup comme on disait aujourd'hui, plutôt que de courir après des rêveries d'enfant et de s'éprendre de projets imbéciles vu qu'ils rapportaient rien, autant rien foutre !
Et il eut du mal à réprimer l'émotion de sa voix lorsque Dédé lui rappela, pour couronner le tout, qu'Augustin et le nouveau faisaient désormais ami-ami.
Ça me fait pas rire du tout, dit Marcelin qui se surprit à avouer un désarroi qu'il eût préféré taire.

Je repensai à Augustin, dont la seule rencontre avait ressuscité mes espoirs moribonds. Car il avait suffi de cette petite bouffée d'amitié pour qu'aussitôt mes espoirs reprissent vie.
Comment, me demandai-je alors, comment ma capacité à espérer pouvait à ce point avoir la vie dure ? Comment, après avoir été tant de fois meurtrie, ensevelie sous des bourbiers, plongée dans le noir le plus noir, comment pouvait-elle encore repousser et verdir ?
Toujours est-il que je me remettais doucement à croire, à croire sans y croire tout en y croyant, était-ce ce sentiment que les chrétiens appelaient l'espérance ?, je me remettais à croire que tout n'était pas perdu, que les perfusions d'épirubicine allaient s'avérer efficaces et m'accorder quelques prolongations, que l'automne qui poignait allait atténuer tous les échauffements, et que mon séjour ici demeurait encore un projet plausible sinon désirable.
Car j'étais riche à présent de deux alliés, Mîna, qui me devenait chaque jour plus précieuse, et Augustin, qui m'apparaissait tel que le commun se figure le Bon dans son imagerie des Bons et des Méchants, et tel qu'il était, je crois, réellement, quoique j'eusse tendance, par enthousiasme, à l'idéaliser.
Fervent. Passionné. Impatient d'accéder à un monde plus juste. Délicat et altier. Généreux sans calcul. Dénué de tout désir d'avoir barre sur quiconque. Avec des mains ouvertes, inaptes à extorquer comme à briser. Et une âme ingénue qui enfermait des

choses que les autres, et ses parents moins encore que les autres, ne pouvaient même pas concevoir.
Je me pris à rêver qu'il pourrait m'indiquer avec tact les mots de passe secrets, les invisibles passerelles et les pièges cachés du village, me guider d'une main diligente dans les dédales compliqués des rites, conventions, protocoles et particularismes qui organisaient souterrainement la vie d'ici, et plus précisément la vie du Café des Sports que son père administrait d'une poigne de fer et à grands coups de gueule.
Je l'imaginais debout, de front, face au monde mauvais, et prêt à aplanir de par sa seule grâce les écueils sur lesquels trébuchaient les infortunés dans mon genre.
Je remettais mentalement mon sort entre ses mains rêveuses. Elles étaient au fond mon abri le plus sûr.

Il va lui monter la tête, dit Marcelin d'une voix anxieuse. Il va l'influencer, le braquer contre moi.

Après notre première rencontre, j'avais voulu tout savoir d'Augustin.
Jacques Joliot, qui était professeur de français comme moi, m'avait appris, lors d'une rencontre fortuite et étonnament aimable devant l'arrêt du bus, qu'il le connaissait depuis l'enfance.
Il l'avait vu grandir.
C'était un enfant que sa mère, Filomena, une brune espagnole aux yeux brûlants cernés de noir, avait couvé, choyé, bichonné, dorloté, caressé, mignoté, baisouillé, papouillé au-delà de l'imaginable,

l'accablant de mille soins jaloux, l'empêchant de jouer avec d'autres enfants par crainte qu'ils ne le rossent, l'élevant comme une plante en serre, ne lui pardonnant pas de se vêtir tout seul, le mouchant, l'habillant, le coiffant, l'essuyant comme un bibelot de prix, courant au-devant de ses moindres désirs, tu as faim mon cœur, tu as froid, tu as soif mon trésor, tu t'ennuies, tu m'aimes mon chéri mon amour, lui tricotant des pull-overs dont il avait secrètement honte, lui préparant des petits plats rien que pour son petit ventre, consolant son petit cœur dans le dos de son méchant papa (qu'on ne pouvait guère appeler papounet vu ses colossales proportions) lorsque celui-ci avait crié trop fort, espérant ainsi que jamais, jamais, jamais il ne ressemblerait à cet homme qu'elle disait craindre autant que son fils le craignait.
Car personne ne comprenait par quelle invraisemblable opération ce couple disparate et si mal apparié avait pu se former.
Elle, venue d'un village andalou nul ne savait comment pour faire des ménages chez le docteur Ferrant. Petite, menue, avec des membres fragiles d'oiseau et, sur son beau visage, un air constant de drame,
Lui, déjà imposant à vingt ans, déjà grande gueule, déjà bagarreur, prêt à jouer des poings au moindre soupçon d'offense, par ailleurs danseur émérite, et qui la fit tourner si bien lors des fêtes du 15 août qu'un enfant vint au monde dans l'année qui suivit. On l'appela Augustin, du prénom du grand-père maternel.

Comme ces herbes frêles qui poussent à l'étroit, coincées entre deux dalles que le temps a disjointes, Augustin poussa tant bien que mal entre ce père énorme dont les tendresses bourrues le terrifiaient autant que les emportements, et une mère au visage de douleur, laquelle ne vivait que pour l'amour de lui.

Il dut grandir entre eux, toujours coincé entre deux feux, entre deux loyautés, entre deux amours contraires et ogres l'un et l'autre, sans que jamais aucun parvînt à l'emporter : l'un, maternel, adoré, mais devant le déferlement duquel il devait résister coûte que coûte, et l'autre, paternel, passionnément honni.

Il devint un enfant introverti et solitaire. Encaissa des coups plus souvent qu'à son tour dans les préaux de son école. Ravala ses sanglots, frémissant de fureur, lorsqu'on le taxait de tapette. Serra les dents sous les ricanements féroces des garçons qui le harcelaient jusqu'à la persécution et les messes basses des filles. Apprit à lire en quelques jours. Détesta passionnément son père jusqu'à le vouloir mort. Le détesta de ne rien comprendre de lui et de ce qui l'exaltait. Le surnomma Franco pour complaire à sa mère. Vit cent fois celle-ci s'interposer tremblante entre lui et Franco. N'en détesta que plus le monstre conjugal. S'enivra de littérature comme d'autres de tweets. Refusa de jouer dans un club de football devant la perspective de vestiaires braillards et la promiscuité de douches collectives. Et s'inscrivit en faculté de lettres contre la volonté du père qui voulait le voir s'enrichir dans les affaires et devenir quelqu'un, deux cents personnes sous ses ordres et déjeuner au Grand Véfour, trois assiettes empilées l'une sur l'autre, un attirail de couverts tout autour, et un Richebourg Grand Cru commandé avec une mâle assurance.

À la stupeur générale, il défendit crânement, lors d'un conseil municipal réuni en mai 2015, le sort d'une famille de roms qui logeait dans une caravane en lisière de la forêt des Combes et dont le village exigeait le départ immédiat, au prétexte qu'elle volait dans les poubelles dont elle répandait les détritus, ce qui souillait l'environnement tellement merveilleux tellement enchanteur et tellement magique, selon les dires des plaignants.

Augustin révéla alors une force de conviction que rien, mais alors rien ne laissait présager, une force de conviction aussi inattendue qu'intraitable et qui laissa ses deux parents totalement abasourdis.

Leur bébé, leur petit, leur enfant était devenu grand. Filomena, à ce constat, éclata en sanglots. Marcelin, étrangement, se tut.

Un an plus tard, lors d'une nouvelle réunion à la mairie où l'on devait délibérer au sujet de l'arrivée d'une famille de migrants au village, il provoqua une véritable onde de choc en déclarant, de sa voix fragile mais extraordinairement persuasive, que si nous ne faisions pas une place, une petite place, une place minuscule à ceux qui n'en avaient aucune, à ceux qui n'étaient rien, à ceux qui ne possédaient rien, à ceux qui n'avaient même pas les mots pour dire qu'ils n'étaient rien, à ceux qui dormaient la nuit dans des jardins publics et qu'on feignait de ne pas voir, à ceux qui essayaient au péril de leur vie de passer sous la Manche, à ceux pour qui le Christ, dans la version première, était mort sur la croix (avec cet argument, il frappa un grand coup), c'est que nous avions perdu définitivement une certaine idée de notre humanité.

Les villageois, émus, bien plus émus qu'on aurait pu le croire, eurent alors le sentiment qu'Augustin, le petit pédé, la mauviette, le fils à sa maman, contrecarrait avec un cran remarquable les positions paternelles peu favorables aux étrangers quand elles n'étaient pas franchement haineuses.

Dès lors, ils portèrent sur lui un tout autre regard. Et de nouvelles rumeurs circulèrent sur son compte, qui modifièrent singulièrement l'opinion qu'ils avaient de lui.

Ange tombé du ciel aux yeux de quelques-uns, naïf ou imbécile aux yeux de quelques autres, les plus suspicieux affirmèrent qu'il n'était qu'un minable instrumentalisé par de bouillants trotskystes, et même pire : un utopiste !

Certains lui prêtèrent une parole de paix, d'autres une parole de scandale, d'autres encore une bien-pensance irresponsable et tout à fait préjudiciable à la concorde nationale.

Mais tous s'accordèrent sur le fait qu'il était décidément spécial, « space » dirent les plus jeunes, et conséquemment qu'il allait <u>morfler</u> grave.

Voilà ce que me raconta Jacques.

Je ne saurais dire pourquoi, mais tout en l'écoutant, je me fis en moi-même la remarque suivante : si Augustin Laplace allait un jour morfler grave, j'allais moi aussi morfler grave. Un obscur pressentiment m'amenait à associer nos deux destins. La suite des événements me donnerait raison.

De l'avis général, Marcelin n'était plus le même.
Depuis qu'il savait Augustin en lien avec l'étranger, depuis ce qu'il appelait ses mauvaises fréquentations, son désarroi avait grandi en même temps que sa haine contre l'intrus.
Il passait sans transition de la plus écumante colère à une peine comme il n'en avait jamais eu ; vitupérait rageusement contre le fils de pute qui était venu foutre dans le village un bordel sans nom, pour, l'instant d'après, s'interroger avec tristesse sur le comportement énigmatique de son petit.
Marcelin était devenu absolument méconnaissable. Parce qu'il pensait que se confier revenait à s'abaisser, il avait tu scrupuleusement jusqu'à ce jour sa peine de ne pouvoir partager avec son fils tout ce qui, à ses yeux, importait.
À présent, il déplorait, à voix haute et anxieuse, l'inintérêt total d'Augustin pour des valeurs qui lui semblaient indiscutables : l'autorité (en tous domaines), le sens de l'épargne (au cas où), la conduite réaliste des affaires (contrôles stricts des factures, quittances, impôts, commissions, mutuelles et taxes diverses), le respect du pognon qu'il comptait méticuleusement chaque soir, un amour sans faille de la Patrie souffrante (par la faute de qui ?), son café bien-aimé, un petit capital pour asseoir la sécurité des siens (pas plus), sa chasse, ses copains, et avec eux les bonnes blagues et, de temps à autre,

une bonne grosse rigolade pour supporter la dureté de vivre.

Car chaque fois qu'il évoquait ces choses qu'il imaginait précieuses à tout homme sensé, ces choses qui étaient les seules qu'on lui avait apprises à aimer, Marcelin avait l'impression qu'elles heurtaient la sensibilité à fleur de peau de son fils et lui inspiraient un mépris qui lui crevait le cœur.

Il voyait celui-ci s'efforcer de rester calme, mordre ses lèvres fines, pétrir ses mains nerveuses, respirer lentement et avec application tout en regardant fixement ses chaussures. Et ce comportement le blessait plus encore et le laissait plus démuni qu'une franche flambée de rage.

Marcelin avait le sentiment douloureux qu'il était mieux compris et mieux aimé de ses clients, sa famille élective en fin de compte qui l'écoutait bouche bée, que de sa propre épouse et de son propre fils auxquels sans cesse il se blessait.

Et cette odieuse connivence entre les deux, leurs haussements d'épaules et leurs airs délicats, leur agacement contenu chaque fois qu'il ouvrait la bouche, les regards entendus qu'ils échangeaient sans dire mot, et les « d'accord d'accord » impatients de ceux qui se croient supérieurs, toutes ces choses, qui étaient comme autant d'épines plantées dans son orgueil de maître, le rendaient littéralement fou. Alors sa douleur explosait.

Il rembarrait la pédale qui lui servait de rejeton, putain mais qu'est-ce que j'ai fait au bon Dieu pour avoir un fils qui a des couilles qui lui servent à rien ! Tu pourrais au moins faire semblant d'être un mec, bordel !

Il avait tout misé sur lui, il s'était mis en quatre pour lui assurer le plus bel avenir, et c'était ça la récompense ! Et de citer en exemple, de sa grosse voix qui tremblait, le fils d'Émile, le fils de Dédé, le fils de Gérard, le fils Mongin, le fils Coulonge, le fils Gabert, le fils Pontieu et tous les autres fils du village qui, eux (il détachait le « eux »), se conduisaient normalement, c'est-à-dire comme des hommes, nom de Dieu, se montraient tous fervents des choses du commerce, allaient chasser le sanglier avec leur papa et tontons, partageaient l'apéro avec les cacahuètes et les olives, et s'adonnaient à ces plaisirs aussi simples que sains inscrits dans l'ordre naturel des choses, bref : donnaient toute satisfaction à l'auteur de leurs jours.

Devant l'indifférence criante d'Augustin pour ces mâles affairements, indifférence qui laissait transparaître parfois une nuance de dédain, Marcelin ne savait rien faire d'autre que de s'emporter et souvent de la plus tonitruante et paroxystique manière (d'autant plus tonitruante et paroxystique qu'il avait conscience de s'enflammer à tort), tandis que Filomena, horrifiée, lui demandait dans les larmes de ne plus crier sur son enfant chéri.

Pour l'amour du ciel, tu pourrais pas être gentil avec lui une fois dans ta vie ? balbutiait-elle. Montrer de la délicatesse ?

Pourquoi, il est en cristal ton fils ? hurlait Marcelin.
Notre fils, corrigeait Filomena, dans un sanglot.

Ta chochotte, hurlait Marcelin. Tu en as fait une chochotte, voilà ce que tu en as fait !

Filomena claquait la porte et courait s'enfermer dans la chambre pour sangloter tout à loisir ou téléphoner à sa mère qu'elle allait divorcer d'avec Erdogan ou Kim Jong-un, les noms de dictateurs variant avec la conjoncture, tandis que Marcelin bougonnait, c'était sa façon d'être triste, la seule façon qu'il connût.

Et s'il est vrai qu'il avait d'ordinaire réponse à tout et sur ce mode péremptoire qui forçait l'admiration (et la crainte) de ses clients, il se révélait niais et tout à fait incapable de trouver les mots simples susceptibles de toucher le cœur si tendre et si impressionnable de son fils (au point qu'il ne pouvait supporter la vue d'un chien abandonné ! et qu'il dormait avec son chat Bibi pour craindre moins la nuit !).

Marcelin était à court de tendresses.

Comme empêché.

Coi.

Un silence explosif dans sa bouche.

Un silence qui finissait par déflagrer une heure après, à la première anicroche, en un puissant putain de Dieu de bordel de merde.

Et chaque fois que je pensais à l'animosité infatigable des gens de ce village (c'est-à-dire souvent), j'invoquais pour la museler, pour la neutraliser, ou la suspendre, ou l'estourbir, ou la contrecarrer, j'invoquais Augustin tout aussitôt dans ma tête. Cette combinaison en lui si émouvante de douceur féminine et de résolution, sa bienveillance envers les autres et ce vacillement dans ses yeux, le souvenir de sa main ferme qui avait si chaleureusement saisi la mienne, sa blondeur terne, son corps fluet, fragile et cette force si belle qui l'animait dans son refus de plier devant la bassesse des hommes, toutes ces dispositions, dont je n'avais que trop conscience de manquer, et que j'idéalisais sans doute par une sorte de faim morale qui m'avait saisi en même temps que l'idée de ma mort, toutes ses qualités me servaient d'antidote contre l'hostilité si obstinée des habitants d'ici.

Les rares fois où, au risque de voir son autorité diminuée, Marcelin tentait un rapprochement pacifique avec son fils, les rares fois où, plutôt que de brailler, il abattait, pataud, sa grosse main sur les fragiles épaules d'Augustin afin de lui témoigner son amour, il sentait celui-ci se raidir comme sous l'effet d'une décharge électrique. Il se disait alors qu'il devait prononcer quelque chose, qu'il le fallait, qu'il le fallait absolument, quelque chose de bon et d'apaisant, quelque chose comme savent en dire les pères dans les grands moments de la vie. Mais aucun mot affectueux ne trouvait le chemin de sa bouche.
Alors adieu le bagout, l'aplomb du tonnerre, les grands airs de butor et les satisfactions grisantes du triomphe avec bras d'honneur, noms d'oiseaux et force putain de Dieu.
Il n'était qu'empoté, godiche. La gorge étranglée. Le cœur empli de choses informulables.
Et plus déconfit que jamais.

Bien qu'ayant exercé le métier de professeur, je n'avais jamais rencontré encore un jeune homme qui ressemblât à Augustin.
J'avais grandi, je l'ai dit, dans une cité à l'est de Paris, puis enseigné le français dans une petite ville bourgeoise et ennuyeuse du centre de la France.
Et j'avais constaté ceci :
Tandis que, d'un côté, des enfants gâtés (à l'instar de Damien) se moquaient des grands mots auxquels ils préféraient le cul de Kardashian, tandis qu'ils affirmaient ne prêter foi en rien, ne se donner à rien, ne s'investir dans rien sinon à surfer sur le Net ou à jouer en ligne, tandis que Dieu et la métaphysique les laissaient insensibles ou narquois car ils étaient modernes,
de l'autre, des jeunes en colère mordaient leur laisse jusqu'au sang en espérant encore que quelque chose les grandirait, que quelque chose les hausserait, que quelque chose les exalterait et les arracherait enfin à leur cité où ils crevaient d'ennui et de grisaille avec le sentiment d'être des relégués.
Tandis que les jeunes choyés dont je parlais plus haut considéraient la liberté dont ils jouissaient comme si naturelle et si indiscutée qu'ils n'avaient même plus à la défendre, tandis que, négligeant de la défendre puisqu'elle allait de soi et qu'elle leur était due, oubliant que des hommes en des temps plus anciens étaient morts pour qu'elle vive, ils ne s'avisaient pas que, de petites amputations en petites amputations, sa surface finissait par se réduire,

d'autres, laissés-pour-compte, en proie à des désirs déçus qui devenaient haineux, rêvant de berlines et de meufs à gros seins telles qu'ils les voyaient dans les clips de Booba mais qu'ils savaient inatteignables, las d'encaisser des déconvenues de toutes sortes et d'attendre une éclaircie qui n'arrivait jamais, car cela n'est pas vivre que de vivre en suspens, je ne le savais que trop, las de végéter précairement dans un monde où l'argent était le seul barème, las de voir le mépris de certains s'ajouter à leurs propres dépits ; d'autres, disais-je, se demandaient sérieusement ce qu'ils étaient venus foutre sur cette planète et se prenaient à penser que cette fameuse liberté dont on leur rebattait les oreilles ne leur servait à rien, qu'elle était superflue, qu'elle n'était du reste qu'une liberté factice vendue par le Marché, et peut-être pis encore, qu'elle était dangereuse.

Tandis que de jeunes rassasiés, qui avaient la conviction que tout leur était dû, déclamaient à plaisir qu'ils n'étaient de nulle part ou plus précisément qu'ils habitaient le monde, et que l'histoire rien à foutre, que l'héritage rien à foutre, et que les traditions rien à foutre,

d'autres cherchaient une ancre où s'accrocher, un idéal auquel se vouer, une aventure, une mission, un culte, quelque chose qui les lestât, quelque chose qui les plantât en terre ou les menât au ciel, quelque chose qui les fît exister et leur assurât que leurs ascendants avaient contribué pour une part à la beauté du monde.

Tandis que ces derniers se disaient que jamais les coufards de Barogne ne pourraient concevoir un instant ce que pouvait être la réalité de leur vie dans leur cité des Mille et les en détestaient, les jeunes vernis de Barogne ne comprenaient nullement pourquoi ils payaient une faute dont ils n'étaient pas responsables.
Augustin, lui, ne ressemblait ni aux uns ni aux autres.
Je ne savais où ni comment le situer, et par quels mots nommer le lien qui m'attachait à lui.
Je ne savais pas mieux, du reste, qualifier mon lien avec Mîna.
Je ne pouvais pas dire que je l'aimais comme j'avais aimé Lucile.
Je ne pouvais pas dire que je la désirais comme j'avais désiré Lucile.
Je ne pouvais pas dire non plus si je la trouvais belle ou laide ou disgracieuse ou attirante, avec sa figure ronde, ses seins abondants et ses grosses mains abîmées.
Nous étions l'un pour l'autre, me semblait-il, comme ces soldats qui s'entre-réconfortent sur un front de guerre, partagent leur pitance, dorment sous la même tente, se racontent leur courte vie et se montrent leurs photos de famille, en se sachant offerts au même sort injuste et aux mêmes menaces ; des compagnons de misère qui se foutent complètement de ces choses qui d'ordinaire priment sur tout le reste : les appartenances, les religions, les statuts, les marques de fringues, les babioles, les façons de parler, de marcher, de manger, tout ce

qui peut distinguer sur cette terre ceux qui sont bien pourvus des autres qui n'ont rien ; des compagnons de misère, disais-je, qui essaient juste de résister à la folle fureur qui les cerne, en s'accordant mutuellement un peu de chaleur humaine et un peu de douceur, avant d'être fauchés. C'est ainsi que je nous voyais.

On venait de rapporter à Marcelin que son fils avait été aperçu à la terrasse d'un café de Barogne en compagnie de l'étranger. Et il en était tout remué.
Je lui ai pourtant dit de surveiller ses fréquentations, dit Marcelin, d'un air accablé.
T'inquiète, ça lui passera, lui dit Émile. C'est qu'un moment d'égarement.
Je crois que c'est la goutte d'eau qui va faire déborder le vase, dit Marcelin d'une voix où perçait une angoisse qu'on ne lui connaissait pas.
À son âge j'étais pareil, prêt à gober n'importe quelle connerie et à m'acoquiner avec n'importe quel connard, dit Émile qui essayait de formuler des paroles consolantes, ce qui n'était pas son fort.
Augustin il a toujours été, comment dire, original, se hasarda Gérard, lui aussi troublé par l'émotion inhabituelle de Marcelin.
Oui parfois, même moi, son père, je me demande d'où il sort, confia Marcelin. Pourtant je me suis décarcassé pour le faire marcher droit, dit-il. Je l'ai jamais frappé, ça non, enfin juste deux ou trois beignes, mais je me suis saigné aux quatre veines pour lui, je l'ai inscrit dans des écoles privées pour pas qu'il tourne mal et qu'il ait du bagage.

Et c'est vrai qu'il cause drôlement bien ton petit, dit Gérard.
S'il était aussi doué pour les chiffres, soupira Marcelin.
Oui mais il a de ces mots ! insista Gérard, admiratif. On se demande où il les trouve.
Il les trouve dans les livres que sa mère lui achète dans mon dos, dit Marcelin, le visage sombre. Elle croit que je le sais pas, sa mère, et moi, je fais celui qui le sait pas, je fais le con et ça marche. Elle pense que je suis un rustaud, une brute qui pense qu'à la chasse et qui voit rien de leurs petites combines. Mais moi je me rends bien compte que ça lui retourne l'esprit, à mon fils, tous ces livres. Je vois bien que ça le déboussole, que ça le déséquilibre, que ça l'empêche de prendre pied sur le sol ferme, tu comprends ?
Je comprends, dit Gérard, pris d'attendrissement.
Je vois bien que ça lui met la tête à l'envers, dit Marcelin, le front plissé par le souci.
Dans les étoiles, dit Gérard, rêveur.
Ça me mine, dit Marcelin.
Faut pas, dit Gérard.
Si je m'écoutais, dit Marcelin, je m'en torcherais le cul de ces livres qui lui font perdre le sens des choses.
C'est pas dans les romans qu'on apprend à gagner son pain ! approuva fermement Gérard.
Mais je me réfrène, je me réfrène, dit Marcelin. Je me borne à le contrecarrer, pour son bien, histoire de le faire redescendre du haut de son nuage sur le

plancher terrestre pas toujours recouvert de moelleuse moquette.
On peut pas dire ! confirma Gérard en riant, qui s'y connaissait en surfaces bétonnées et rêches au contact.
Tout ça c'est du pipeau, je lui fais, en désignant les rangées de livres qui encombrent sa chambre, ses Jacques Roncière, ses Éric Chevillard, ses Pierre Michon, ses Gustave Chose, et tous les autres grands esprits dont il s'abreuve à se rendre malade. À quoi ça sert, leurs phrases élégantes, quand on peut pas en appliquer le contenu, si contenu il y a, je lui dis, autre que leurs histoires de cul et leur sauce à la rose, ou les branlettes de leur âme dont on se bat les noix. À quoi ça sert, leurs salades ? je lui dis. À tout embrouiller et à foutre le bordel dans les têtes ! Je le pense pas tout à fait car j'ai quand même de la largeur de vue, mais je veux lui mettre le nez dans… j'allais dire dans le caca. Parce que je sais qu'on n'apprend rien sans ça. C'est ce que mon père m'a inculqué, à coups de gueule et de torgnoles, c'était la mode en ce temps-là.
Ils étaient durs, avant, les pères, dit Gérard dans une sorte de nostalgie.

Je m'apercevais peu à peu que la maladie se faisait moins pressante, moins assidue, et n'occupait plus mon esprit aussi drastiquement qu'auparavant. Sans doute parce que le traitement donnait des résultats encourageants et repoussait au loin cette échéance que j'avais tant redoutée tout en espérant qu'elle me consacrerait comme un écrivain dont le nom, lui, ne mourrait pas, mais quelle idiote présomption ! Je me limitais depuis quelque temps à tenir un journal, ce que j'appelais un journal, où je consignais l'ordinaire des jours de ma petite vie. Cet exercice avait la vertu de tromper mon ennui en même temps qu'il donnait du poids, de la couleur et de la vie aux événements et aux choses (les écrivains, les vrais, ont-ils d'autres raisons d'écrire ?). Je me sentais ainsi moins balayé, moins inconsistant, je ne sais pas comment le dire, moins poussière et tu retourneras à la poussière, mieux amarré.

Alors, poursuivit Marcelin, et son visage devint de plus en plus sombre, alors il me lance des regards furieux parce qu'il veut me faire croire qu'il me craint pas, et non seulement qu'il me craint pas, mais qu'il me résiste. Et il se bute. Il se rebiffe. Il est aussi cabochard que son Andalouse de mère. Une tête de mule ! Et plus il se rebiffe, plus je m'obstine, plus je m'acharne, vous me connaissez, et plus je rabaisse ces plante-merde d'écrivains tellement éloignés des problèmes des gens et tout juste bons à couper leurs poils du cul en quatre.
Des enculeurs de mouches, dit Dédé.
Toujours à tout complessifier, dit Émile
Des parasites ni plus ni moins, trancha Marcelin. Des parasites patentés qui font que brasser du vent et qui s'en croient qui s'en croient que c'en est une honte. Mais qu'Augustin, lui, place haut, tout en haut, au pinacle comme on dit, bien plus haut que moi qui ne suis à ses yeux qu'un analphabète.

Dis pas ça ! dit Gérard.
Doublé d'un con, dit Marcelin.
Il le pense pas, dit Gérard.
Un con perverti par le mercantilisme, je cumule, dit Marcelin.
Sois pas triste, dit Gérard.
Je suis pas triste, rétorqua Marcelin vivement.
Mon fils est pareil, soupira Émile qui affecta une mine de circonstance. Ils nous en donnent du fil à retordre, putain, les mioches quand ils grandissent !
Mais le problème, dit Marcelin qui en avait gros sur le cœur, le problème c'est que plus je m'obstine à le faire plier, plus il se cabre avec un entêtement de bourrique, et plus son silence buté me fout en rogne. Tu dis rien ? je lui dis. Il dit rien, ça me rend fou. Tu me prends pour un con, c'est ça ? je lui dis. Pas un mot ! Me pousse pas à bout ! je lui crie, me pousse pas à bout ou je vais t'en foutre une !
Alors sa mère s'interpose en gémissant qu'elle est la plus infortunée des femmes de la terre, et ça m'enrage encore plus. Augustin, lui, il s'enferme dans sa chambre et il pisse dans la poubelle pour n'avoir pas à me croiser dans le couloir. La maison du bonheur ! soupira Marcelin sur un ton qu'aucun des habitués n'avait jamais encore décelé dans sa bouche.

Augustin était déjà installé à la terrasse du Zanzibar lorsque j'y arrivai. C'était la troisième fois que nous nous rencontrions et j'en étais heureux au-delà de toute expression. Je me disais que le mot amitié avait enfin trouvé, dans mon esprit, son vrai visage, de la même manière que le mot haine s'était incarné pour toujours dans la figure du cafetier, et que le mot amour... non, je ne pouvais décidément rien déclarer à ce sujet, j'étais trop prévenu contre ses faux et usages de faux.

Augustin me raconta tout à trac que les rapports avec son père étaient de plus en plus tendus et que ses discours fachos le rendaient fou. Il était au bord de craquer, au point qu'il envisageait de quitter définitivement la maison. Avant que je l'assassine, ajouta-t-il, ce qui me fit éclater de rire tant ces mots dans sa bouche me semblèrent incongrus. Le problème est que si je pars, ma mère va mourir de chagrin, elle en est chiche, soupira-t-il, c'est mon dilemme moral. Toute sa vie tourne autour de moi, je suis son soleil, dit-il, mi-rieur, mi-accablé. Je suis celui à qui elle sacrifie toute sa vie, pas moins. Mes parents sont d'un lourd...

Puis il s'excusa tout aussitôt de se plaindre auprès de moi d'une situation qui devait me paraître bien bénigne comparée à celle que j'endurais.

Je compris bien plus tard, lorsque nous devînmes amis, que devant ce père qu'il avait tant redouté dans l'enfance, Augustin avait développé une attitude qui était un mélange indissociable de détestation et de confiance.

Augustin détestait la corpulence énorme de son père, sa voix énorme, son rire énorme, sa force énorme, ses colères énormes qui le laissaient tremblant et révolté, ses pets formidables, ses blagues salaces, ses débardeurs moulant sa bedaine et décorés du sigle Adidas qui faisaient de lui un propagandiste béné-

vole de la marque, ses jugements à l'emporte-pièce dans lesquels jamais rien ne tremblait d'incertitude (que d'aucuns appelaient son charisme), et sa façon de fermer la gueule à ceux, fort rares, qui osaient le contester (que d'aucuns appelaient sa franchise). Mais toutes ces choses, secrètement, honteusement, mystérieusement, rassuraient Augustin, si bien qu'il demeurait au domicile familial, alors qu'il aurait dû mener une vie autonome, à Barogne, comme les autres jeunes gens de son âge.

Et ce mélange inextricable de détestation et d'attachement transparaissait dans presque tous les gestes et attitudes qu'il adoptait face à ce père : il l'embrassait à contrecœur mais l'embrassait tout de même, lui répondait à contrecœur mais lui répondait tout de même et, à ses ordres domestiques, obtempérait en regimbant mais obtempérait tout de même, comme d'ailleurs obtempérait sa mère Filomena.

Cependant, pour démentir ou contrecarrer cette docilité rétive dont il avait une conscience douloureuse, pour se prouver qu'il n'était pas entièrement soumis à la force brutale d'un père écrasant, pour manifester sa désapprobation à ses discours et ses conduites qu'il jugeait inacceptables, et donner une forme visible à cette révolte rentrée qu'il maugréait sans cesse mais sans pouvoir véritablement l'assumer, il affichait des goûts et des idées qui allaient radicalement à l'encontre des goûts et des idées de son père.

Il lisait des romans et des traités philosophiques, persiflait le mariage, cette prison putride, passait une partie de son temps à jouer avec son chat Bibi et déclarait à ses amis qu'il aimait cent fois plus son chat que la machine à calculer qu'était pour lui son géniteur.

Il refusait, contre le conseil de ce dernier, d'ouvrir un livret d'épargne logement, critiquait le libéralisme qui ne bénéficiait qu'aux salopards et dénonçait rageusement ces politiciens sans morale (et sur ce point, il rejoignait son père) toujours fidèles au projet de baiser le peuple tout en ne jurant que par lui, le peuple le peuple le peuple le peuple, le peuple, avec la plus constante mauvaise foi.

Parfois, il s'emportait contre ce peuple pour lequel il éprouvait une affection sans bornes et pour ainsi dire congénitale (son père mis à part, qui à ses yeux n'incarnait pas le peuple mais son odieuse caricature), ce peuple qu'il voyait souffrir et quelquefois, poussé à bout, se rebiffer, mais auquel il reprochait de gober les mensonges bas et les viles promesses des ordures qui le promenaient d'espérances en espérances.

Et il disait et répétait que les seules armes contre ces immondes canailles et les seuls moyens de désabuser les benêts qui croyaient se retrouver en elles étaient la réflexion, la connaissance et l'analyse critique, à la condition toutefois qu'elles fussent associées au courage du cœur et à la charité de l'âme. C'est assez dire qu'il rêvait !

Enfin, et pour compléter ce bref portrait moral (et affectueusement m'en moquer) : il n'hésitait jamais à témoigner sa solidarité envers : les Syriens, les Rwandais, les Kurdes, les éboueurs, les maçons, les

libraires, les Palestiniens, les pauvres, les putains, les mourants, les Inuits, les plaqués, les paumés, les Rohingyas, les Yézidis, les Aborigènes d'Australie, les Indiens d'Amérique, les chrétiens d'Orient, les homosexuels musulmans, les femmes opprimées, toutes les femmes opprimées, les transgenres, les affamés, les assoiffés, les Turcs, les Juifs, les apeurés, tous les apeurés de la terre et en particulier ceux qui fréquentaient le Café de son père, les enfants battus, les enfants abandonnés, les vagabonds, les sans-abri, les animaux martyrisés, j'abrège, toutes causes tournées en dérision par son père à grands éclats de rire et de sacré nom de Dieu, tu te prends pour Jésus-Christ ou quoi ?
Car aux yeux de Marcelin, ce qu'il appelait la sensiblerie d'Augustin, ou sa petite nature, ou son cœur d'artichaut, ou son côté pédé, ou son côté gonzesse, ou son côté nunuche, ou son côté chochotte, ou son côté châtré, était une faiblesse, il disait parfois une maladie, une faiblesse d'enfant encouragée par une mère irresponsable et aveuglée d'amour (une Espagnole !), et qu'il espérait militairement guérir à coups de vexations et de sarcasmes vaches. Telle était sa très pédagogique et très fameuse méthode.

Mais au plus profond de son cœur, Marcelin ne savait comment prendre ce fils, qui était la chair de sa chair comme il disait, mais qu'il ne parvenait jamais à saisir et qui lui était à bien des égards plus lointain, plus obscur, plus déroutant sans doute et plus énigmatique qu'un étranger.

Est-ce que tous les enfants sont des étrangers pour leur père ? se demandait-il, le cœur serré, tout en emplissant le verre de Dédé.

La veille, Augustin avait eu la malencontreuse idée d'inviter l'un de ses amis de faculté à la maison, et Marcelin avait cru bon d'énoncer, après le café arrosé du cognac vingt ans d'âge (qu'il ne sortait qu'aux grandes occasions), les quelques mesures qu'il estimait nécessaires au redressement du pays, mesures dont il validait régulièrement la pertinence auprès des habitués du café, qui tous buvaient ses paroles en buvant leur pastis.

Après quelques phrases d'échauffement propédeutique, il en vint donc à détailler les cinq points canoniques de sa théorie que sa clientèle avait largement entérinée, voire plébiscitée, et comptant sur ses doigts, il avança :

1 – qu'il fallait en priorité mettre à la tête de l'État un type couillu ou une typesse qui en ait, et non pas une tapette,

2 – foutre dehors tous les étrangers qui bouffaient notre pain quotidien,

3 – à commencer par les Arabes qui voulaient nous imposer une religion d'enragés,

4 – rétablir la peine de mort pour les crapules innombrables,

5 – et consolider la famille qui était le socle de la patrie et…

et le plus doux des nids d'amour compléta Augustin, qui se leva soudain faisant tomber sa chaise, et quitta précipitamment la table, talonné par son jeune ami. Marcelin resta tout bête.

Et immensément malheureux.

Marcelin aimait trop Augustin pour penser un seul instant qu'il ne lui vouait pas un amour égal au sien, et sur ce point il pensait juste. Mais il était si loin du monde de la jeunesse, si loin des questions que l'on lève à cet âge, riches de ce qui échappe, de ce qui déconcerte et qui demeure encore irrésolu, qu'il ne pouvait nullement concevoir les raisons des réticences que son fils nourrissait envers ses très rectangulaires et très affreuses certitudes.

Et bien que j'éprouvasse encore je ne sais quelle mélancolique délectation à vivre claquemuré et complètement apathique, je sentis comme un souffle de vie réveiller mon corps et ma tête en allant rejoindre Mîna qui m'avait invité dans sa chambre pour la première fois depuis notre rencontre.

J'étais si impatient de la revoir que je dus consulter ma montre plus d'une dizaine de fois durant le trajet en bus.

Mîna m'attendait sur le trottoir, devant la porte de l'hôtel. Et je perçus immédiatement, d'une perception plus rapide que ma pensée, je perçus sur son visage une expression d'angoisse que je ne lui avais jamais vue.

Je traversai la rue en courant, le cœur battant, pour la rejoindre.

Elle était pâle. Un pli de douleur défigurait sa bouche. Et son corps tout entier était pris de tremblements.

Elle insista pour que l'on s'éloignât de l'hôtel et que l'on remontât la rue un peu plus haut, du côté de l'église.
Lorsque nous fûmes suffisamment loin, elle me raconta d'une voix pressante et tout altérée que l'hôtelier l'avait interpellée la veille pour lui signifier que son établissement n'était pas un bordel et que, si elle voulait fricoter avec des Arabes, il y avait des endroits pour ça.
Elle ajouta, dans un débit rapide et haché de sanglots, qu'elle avait eu beau démentir et jurer sur la tête de son frère que jamais elle ne s'était livrée ni ne se livrerait à la prostitution, que le gérant du Colibri où elle était serveuse pouvait en témoigner, que jamais elle ne répondait aux allusions scabreuses de ses clients ni aux tapes qu'ils lui donnaient sur le derrière, que jamais au grand jamais elle n'avait couché ni fait quoi que ce soit avec l'un d'eux malgré les sollicitations multiples, vu qu'elle se réservait en vue du Grand Amour, l'hôtelier avait maintenu sa menace de l'expulser s'il avait encore vent de ses frasques.
À présent, elle me suppliait instamment de partir. Elle ne voulait pas qu'on la surprît en ma compagnie.
Je m'aperçus alors que des larmes mouillaient ses joues.
Je tirai aussitôt un mouchoir de ma poche pour essuyer le fard pleuré de ses yeux.
Elle cria Ne me touche pas ! au moment sans doute où elle avait le plus besoin d'un geste affectueux. Puis elle dit plus bas Pas en public ! et encore plus

bas Je ne veux pas être virée de l'hôtel, ni perdre mon travail.
Avant de la quitter, je lui proposai (c'était une supplication cachée) de la retrouver au Colibri, où elle reprenait son service dès le lendemain matin. Elle cria à nouveau Non ! Surtout pas ! Puis, plus bas Je t'appellerai demain. Puis encore plus bas Va-t'en, va-t'en, laisse-moi, s'il te plaît laisse-moi. Je ne pus qu'obéir.
Je repartis, trop bouleversé pour pouvoir penser à autre chose qu'à son chagrin et à l'injustice effroyable qui faisait retomber sur elle une haine qui, j'en étais sûr, m'était destinée. Et j'avais beau retourner la question en tous sens, je ne voyais pas en quoi le simple fait d'avoir tenu ma main ait pu à ce point la compromettre.
Pourquoi ? Pourquoi ? me demandais-je.
Étais-je à ce point indigne que me toucher relevait de l'obscène ?
Cette pensée renforçait ma conviction que fuir loin des gens d'ici ou rester reclus dans ma chambre étaient les deux seules solutions qui me restaient.
Après avoir passé une partie de la soirée assis sur la cuvette des W.-C. à maudire mon impuissance et à m'accuser de porter malheur, je crus entrevoir un recours. Puisque, pour d'obscures raisons, nous devions nous cacher tels des amants adultérins, j'amènerais Mîna, si toutefois elle acceptait, dans la forêt que j'aimais tant et où je m'orientais désormais aussi bien sinon mieux que les chasseurs du cru. Il fallait bien que j'embellisse l'impouvoir où j'étais.

Je pensai à Mîna toute la nuit. Je ne pouvais souffrir de la savoir apeurée, humiliée, malheureuse, cela me torturait. Et je ne pouvais souffrir d'être, sans le vouloir, l'instrument de son chagrin, alors qu'elle était précisément le seul être en ce monde que j'eusse voulu épargner, le seul être en ce monde pour qui j'étais tout prêt à faire l'impossible.

Tu paries pour Trump ou pour Hillary ? dit Émile. Pour la belle ou la bête ?
La belle ? Tu l'as regardée ? Même Étiennette est plus bandante, dit Dédé.
Un remède contre le viol, dit Émile en riant.
Radical, dit Dédé.
Ceci dit, une beauté qui n'a rien dans le crâne, c'est comme un anneau d'or dans le nez d'un cochon, dit Émile.
C'est joliment dit, dit Dédé.
Trop aimable, dit Émile.
Tu es un poète, dit Dédé.
Je te remercie, dit Émile.
Moi je parie pour l'espoir, je parie pour Trump, affirma Marcelin. C'est un homme de poigne et qui a la carrure. (Trump était à ses yeux un autre lui-même, tout au moins sur le plan du caractère, volcanique comme lui, abrupt comme lui, tranchant et peu sujet aux ruminations introspectives, quant au plan géopolitique, disait-il, restons modeste.)
Il a promis qu'il foutrait tous les Arabes dehors, dit Dédé en caressant son menton avec satisfaction.
Ça va chauffer, dit Marcelin en se frottant les mains.

J'étais inconsolable. J'imaginais Mîna, prostrée dans sa chambre d'hôtel, anéantie de chagrin, et se disant que l'amitié, l'affection, ou ce je-ne-sais-quoi qui depuis peu nous liait (je ne pouvais pas, ou pas encore, prononcer le mot amour, quelque chose me retenait : la peur de l'amour sans doute, et du bonheur qu'on lui suppose, mais peut-être plus encore la peur de la désillusion et la peur d'avoir à le perdre), se disant (Mîna) que ce lien avec moi n'était pas chose enviable, qu'il faisait mal, qu'il faisait même très mal, contrairement, je le suppose, à ce qu'elle avait cru et espéré, contrairement à ce qu'on croit et espère lorsqu'on a vingt ans.

Quant à Jacques, il se taisait, appuyé au comptoir, le nez dans son verre, le front soucieux, coupable. Sans doute était-il absorbé par une question qui restait toujours aussi litigieuse dans son esprit, comme elle l'était d'ailleurs pour un certain nombre de villageois : Comment comprendre ces dires odieux qui s'étaient multipliés depuis l'arrivée du nouveau ? Des dires qui avaient commencé à se faire entendre, pour être exact, avec l'installation d'une population maghrébine en marge de Barogne dans les années 1970, et dont la méfiance qu'elle avait suscitée s'était exacerbée peu à peu en une passion haineuse de plus en plus ouvertement avouée.
Ce qui rendait sa réflexion si difficile, c'est qu'il s'appliquait à congédier de son esprit toute opinion établie, et que les distinctions dont il disposait entre arguments recevables et arguments irrecevables lui semblaient peu convaincantes et souvent imbriquées,

paradoxales, fluctuantes et complexes, si bien que, tiraillé en tous sens, il ne savait plus du tout quoi penser.

De plus, il avait la conviction que Marcelin, qui donnait pourtant l'impression de manier les ficelles, que Marcelin comme Augustin et le nouveau, que tous et lui compris, tous étaient pareillement pris dans des mécanismes qui les agissaient souterrainement et les débordaient presque malgré eux. Il avait la conviction que les colères par exemple leur étaient soufflées qu'ils reprenaient à leur compte, et que l'esprit du temps, qui était à la violence, aux sombres insinuations et aux mises au pilori quotidiennes, se réfléchissait affreusement sur leurs discours et leurs émois, et sur les siens propres tout autant.

Et il en était très embarrassé.

Mais rester à écouter, comme il le faisait depuis des mois, des propos infects vociférés en chœur par l'union des apeurés afin de se donner l'illusion de la force, simplement les écouter, n'était-ce pas déjà courir le risque d'être contaminé ? de s'y salir ? N'était-ce pas les accréditer ? et même, d'une certaine façon, en jouir ?

Jacques ne savait plus du tout quoi penser.

Depuis quelque temps, il se disait qu'il allait foutre le camp, se réfugier dans une cabane en forêt et vivre de cueillette à l'exemple de Henry David Thoreau. Il écarterait de la sorte le danger de juger les autres à la hâte et s'entretiendrait vertueusement avec lui-même en prenant un temps qui ne serait jamais, jamais, jamais celui, expéditif et moutonnier, de l'opinion, tout en se tenant loin des déchirements, traîtrises, jalousies, couardises, vengeances, ressentiments, luttes d'intérêts, mensonges, cruautés, guerres des vanités... (il aurait pu continuer longtemps cet inventaire amer) auxquels exposait forcément le commerce des hommes. Mais ne serait-ce pas là une lâche désertion ? Ou le signe chez lui d'un orgueil insensé ?

Jacques n'était décidément sûr de rien, et tout se brouillait dans sa tête.

Il n'était pas de ceux qui tranchent un débat d'un coup de poing et agissent de même. Il n'était pas Marcelin. Ni Trump.

Les mauvaises langues disaient de lui qu'il était enclin à une indécision paralysante. Pire, qu'il y excellait. Et qu'il s'y complaisait. En un mot, qu'il était un intellectuel.

J'étais au bord du sommeil lorsque me parvint, par la radio, la nouvelle de l'élection de Donald Trump aux États-Unis. Car je dormais avec le poste de radio posé sur l'oreiller, cela me faisait une présence.

Au même moment, un chien, sur la Grand-Place, déserte à cette heure-ci, hurla à la mort et m'arracha à ma somnolence.

Je me levai d'un bond. Je heurtai une chaise. Dans un pays où l'on croit au créationnisme, disait le commentateur avec un soupçon d'ironie dans la voix, ce vote ne doit point surprendre.

Je ne trouvai pas tout de suite l'interrupteur, comme cela m'arrivait souvent dans cette chambre

étrangère. Je le cherchai fébrilement, et pendant quelques secondes ma terreur enfantine du noir réapparut, intacte.
J'écoutai les commentaires des journalistes à la radio jusqu'à une heure avancée de la nuit.
L'Europe s'affolait.
Elle tremblait pour son avenir et se voyait devenir subalterne.
L'Europe, la Belle Europe, l'Europe libre et désirable craignait désormais de ne compter pour rien et d'aller vers l'éclipse que, depuis quelque temps, les oracles annonçaient.
Celle que l'on avait tellement jalousée serait-elle bientôt celle qu'il faudrait plaindre ?
Toujours est-il qu'un homme élu démocratiquement jetait à la poubelle l'idée que l'Europe se faisait d'une bonne Amérique et semblait préparer sciemment un naufrage dont elle risquait de faire les frais à la première épreuve. Un homme qui choyait la vulgarité la plus basse et semblait jouir de ce qu'il dégradait. Un homme auquel je ne pouvais m'empêcher de prêter les traits épais du cafetier.
Pourquoi, me demandai-je, pourquoi, pourquoi dans ce petit village où je m'étais échoué tout comme aux vastes États-Unis, les gens se portaient-ils avec plus d'enthousiasme vers des brutes vulgaires et qui les rabaissaient, que vers ceux qui les aidaient à relever la tête ?
Pourquoi lorsqu'un pays partait à la dérive ou se désassemblait, lorsqu'il sombrait dans la détresse et la peur de penser, lorsque ses valeurs et ses fondements vacillaient sur leurs bases, pourquoi des

fiers-à-bras, indemnes de tout doute, apparaissaient-ils alors comme le seul recours ?
Pourquoi la brutalité, la forfanterie, la force sommaire, carrée, la poudre aux yeux, l'ignorance crasse, les démonstrations musclées et l'exécration déclarée des choses de l'esprit fascinaient-elles autant les êtres les plus faibles ?
Le risque n'était-il pas que se creuse entre ces démunis et ceux qui les flouaient un abîme si grand qu'aucune forme de révolte ne serait désormais possible ?
Et si les élites pensantes, menacées de disparaître, faisaient à leur tour le choix du pire afin de préserver leurs restes ? Si elles se rabattaient aux fins de survivre sur les principes les moins avouables ? Qu'allait devenir notre monde, de quels abus allait-il souffrir, et à quel retour en force de tous les fanatismes allions-nous assister ?
J'eus soudain le pressentiment que quelque chose de mauvais allait m'anéantir dont l'élection de Trump était l'augure. Et dans un mouvement machinal, j'allai vérifier que la porte de ma chambre était bien verrouillée.
Je vivais partiellement en reclus, j'y trouvais je ne sais quelle amère satisfaction, et je me demandais parfois comment je pouvais supporter cette vie entre parenthèses qui jadis m'eût paru intenable. Je fus soudainement saisi du désir de passer de cette solitude partielle à une solitude totale, de m'emmurer à tout jamais, de ne plus jamais croiser aucun être vivant sur la terre, pour ne rien voir de cette nuit qui allait s'abattre sur le monde.

À cet instant précis, une petite voix m'intima de me méfier de moi. Depuis bientôt deux ans, j'avais été en proie plusieurs fois à un découragement qui m'avait fait désirer de mourir. Or, les circonstances que j'ai dites m'avaient permis de vivre dans cette région du Sud dont je n'avais jamais imaginé dans mon enfance et mon adolescence qu'elle pût être aussi belle. Et même si, aujourd'hui, elle était loin, très loin, de me paraître idéale, même si sa lumière n'avait pas pénétré jusqu'à mon cœur, encore moins jusqu'à mon âme comme je l'avais sottement espéré (une photosynthèse de l'âme ! et puis quoi !), peut-être ne devais-je pas gâcher le temps que je devais y vivre par des craintes irraisonnables et des imaginations apeurées probablement dictées par l'angoisse et la solitude, voilà ce que me disait la petite voix.

Il fut question ce soir-là, au Café des Sports, d'éducation et d'instruction, sujets nobles s'il en était, mais aux angles desquels le réel, semblait-il, se cognait.
Et Jacques arriva au moment pile où ces questions étaient abordées. On aurait dit du Feydeau.
On peut se demander à quoi ça leur sert, aux jeunes de maintenant, d'avoir Bac + quatorze ? maugréa Émile. À quoi ça leur sert d'apprendre l'anglais et le latin, si c'est pour se faire enfumer par les boniments du premier salopard qui passe ?
Comme si on avait besoin de diplômes pour deviner qu'un pauvre type c'est un pauvre type et qu'un salaud c'est un salaud, confirma Gérard, lequel

avait souffert longtemps de ne pas avoir d'aptitude (c'étaient ses mots) sauf pour le dessin et le sport (il rêvait d'être prof de gym) et qui en gardait encore une blessure vive.

Objection ! s'écria Dédé, à la surprise des quatre autres. Excusez-moi, mais je suis en total, mais alors en total désaccord avec vous : l'instruction c'est capital ! Il faut tabler sur elle ! asséna-t-il en secouant sa tête comme s'il déniait au même moment son affirmation.

(Dédé voulait prouver à l'Éducation nationale qui venait de faire son entrée qu'il ne partageait pas toutes les opinions de ses amis, opinions qualifiées d'obtuses par ceux-là qui déniaient tout appétit de savoir, toute faculté de discernement et même toute capacité pensante, aux petites gens comme lui, aux abrutis de sa sorte, aux beaufs, aux nuls, aux ignares juste bons à applaudir Frank Michael, à ceux qu'on prenait pour des buses pour ne pas dire des débiles, à ceux qui ne comptaient pour rien ; et dans quelle intention ? dans l'intention évidemment de leur fermer la gueule !)

Je dirais même, ajouta Dédé, frémissant d'enthousiasme, que l'instruction : c'est tout !

Et c'est toi, Dédé, qui dis ça ! Laisse-moi rigoler ! fit Marcelin, narquois.

Et il partit d'un gros rire triste.

Comme je n'avais plus du tout la force de tenter je ne sais quelles démarches auprès des villageois, vouées à coup sûr à l'échec, l'idée me vint, pour confier ma peine et obtenir un peu de réconfort,

de téléphoner à Augustin qui m'y avait instamment convié.
C'est alors que brusquement les paroles d'Étiennette prononcées quatre mois auparavant me revinrent en mémoire, qui m'avaient mis en garde contre ce dernier : « Il est spécial, moi je m'en méfierais. » Sur le moment, tout à mon enthousiasme, je n'y avais prêté aucune attention. Mais dans ma solitude, les mauvaises pensées avaient tendance à germer en moi et à croître et à proliférer et à tout envahir et parfois même sans que je m'en aperçusse ; les bonnes beaucoup moins, les bonnes étaient vite étouffées par le chiendent colonisateur des mauvaises.
Et voilà que je restais hésitant, à regarder mon téléphone portable, comme si une force inconnue m'empêchait de le saisir.
Une part de moi craignait-elle, derrière l'accueil amical d'Augustin et derrière sa gentillesse qui avaient constitué à mes yeux un véritable instant de grâce, je ne sais quel calcul, je ne sais quelle ruse, un coup monté ? Une part de moi craignait-elle qu'il cherchât à me tromper ? À me tendre un piège ? À trop faire l'ange, Augustin faisait-il la bête ?
Cette pensée me fit horreur.
Et je m'en détestai.
Ma vieille manie de la persécution revenait-elle en force, qui m'avait fait imaginer, tout au long de mon adolescence, que ceux qui n'habitaient pas dans une cité comme la mienne m'étaient, nous étaient tous hostiles ?

Pourrais-je en guérir un jour ? Ou bien crèverais-je avec elle ? Étais-je devenu aussi soupçonneux que ceux qui m'écartaient de leur chemin comme une chose sale ?
Tout bien compté, n'étais-je pas comme eux, comme tous, fait de méfiances innombrables et de craintes absurdes devant les élans innocents de la bonté ?
N'espérais-je plus rien des autres et de moi-même ?
Et les mots de confiance et de fraternité qui m'avaient tant porté et dont j'avais usé dévotement dans les grandes circonstances, n'étaient-ils plus pour moi que poncifs ou cendres éteintes, comme ils l'étaient devenus, croyais-je, pour eux ?

Il les a bien baisés, le Trump ! Tous les bobos qui jouent au pauvre et toutes les belles âmes qui habitent pépères dans des quartiers chics, il les a bien eus, nom de Dieu ! Une tournée pour tout le monde qu'on fête ça, dit Marcelin.
Vive un chef, un vrai ! s'exalta Dédé.
Ou une cheftaine, dit Émile
Vive la Marine nationale ! s'écria Dédé.
Qu'elle tire la chasse sur ces merdes ! si vous voyez à qui je pense, dit Marcelin.
Avant qu'on reconnaisse plus notre pays, dit Dédé.
Avant qu'il soit ruiné, dit Émile.
Sur ces paroles, Étienne entra précipitamment, l'air survolté.
Vous savez la dernière ? annonça-t-il, à peine entré.
Il paraît que la maison des Camoret a été cambriolée.
Non ! dit Dédé, en frappant violemment sa main contre sa cuisse pour souligner son indignation.

Si ! dit Étienne.

Ça par ézemple ! dit Émile qui ne put empêcher un haut-le-corps.

C'est affreux, s'écria Étienne.

Je l'avais prédit, dit Dédé avec une sorte de satisfaction.

Les Camoret sont dans tous leurs états, s'écria Étienne.

De quoi qu'est-ce ? interrogea Marcelin, en levant la tête et comme ragaillardi par la triste nouvelle.

On fit asseoir Étienne afin qu'il reprît ses esprits et qu'il racontât posément l'épisode. Puis on lui servit un petit rosé, pour qu'il se remît, un listel bien frais.

Innocence morte, innocence morte, m'entendis-je dire mentalement.
Je donnais dans le tragique.
C'était ma pente.

Alors Étienne expliqua ceci :

Lorsque les Camoret sont rentrés du boulot, ils ont trouvé le salon-salle à manger sens dessus dessous, l'ordinateur subtilisé, les bijoux de la fille subtilisés, la bague de la grand-mère subtilisée, la ménagère en argent du mariage subtilisée, Josette y tenait énormément, la collection de DVD subtilisée, et plein d'autres objets de valeur subtilisés ! (Son excitation était allée croissant à mesure qu'il énumérait.)

Selon toute vraisemblance, ajouta-t-il, le feu aux joues, le voleur ne peut être qu'un type qui connaît parfaitement les gens du village et leurs petites habitudes. Il doit savoir qu'ici on se barricade pas comme

à Chicago, et qu'en plus on dispose pas d'une gendarmerie, et même pas de caméras de surveillance.
Depuis le temps qu'on les réclame ! beugla Marcelin, fervent apologiste des instruments propres à défendre et à sécuriser la propriété privée (des plus modernes aux plus antiques, du tesson de bouteille à la vidéosurveillance que le commerce de la suspicion, fort prospère, avait lancée sur le marché) et les personnes tendrement chéries qu'elle enfermait (la propriété privée).
Ça peut plus durer ! fit Émile, furieux. Et il répéta Ça peut plus durer ! au cas où les autres n'auraient pas perçu la révolte qui le mouvait.
Basta ! beugla Dédé en exagérant sa mimique de colère.
La coupe est pleine ! vociféra Marcelin. Il faut en finir, nom de Dieu de nom de Dieu !
On peut pas rester là sans bouger le petit doigt, et payer les pois cassés sans rien faire ! suffoqua Dédé.
Les pots ! hurla Marcelin.
Quels pots ? demanda Dédé.
Les pots cassés ! hurla Marcelin, à bout de patience.
Les quatre hommes, sous le coup de l'émotion, restèrent muets pendant cinq minutes et trente secondes, durée maximale autorisée au Café des Sports en matière de silence (au-delà c'était la porte ouverte à l'angoisse la plus intolérable).
La justice, j'y crois pas. C'est toujours deux poids deux mesures ! remarqua Étienne, fatidique.
Elle défend les gros, elle défend les ceux qui ont le pouvoir et les honneurs, mais les petits comme nous autres, tintin ! confirma Émile tout aussi fatidique.

Il va falloir qu'on se charge nous-mêmes de dégager les malfaiteurs et les fouteurs de merde, puisque les autorités elles font rien, proposa alors Marcelin.
Rien. Elles font rien ! abonda Dédé dont l'une des fonctions remarquables consistait à appuyer, à attiser, à titiller, à mettre son doigt dans le trou fait à certaines chairs, et même à l'occasion à le remplir de ses crachats.
Si on fait pas le sale boulot nous autres et qu'on balaie pas devant la porte, qui c'est qui le fera ? fit Marcelin qui ne décolérait pas.
Personne veut se salir les mains. Y a que nous qu'on se mouille, dit Émile.
Nous si on nous cherche on nous trouve, dit Dédé.
Faut pas nous chauffer !
Fini de rigoler ! dit Étienne.

Ce fut durant le mois de décembre que les choses prirent une tournure véritablement dramatique et que mes dernières espérances, définitivement, m'abandonnèrent.
André Simon, le père de Damien que tout le village appelait Dédé, s'introduisit un soir sans frapper dans ma chambre et, sans le moindre égard pour moi, sans la moindre justification et sans la moindre excuse, il se mit à fouiller les placards presque vides, le coffre en bois qui me servait de bureau, et les tiroirs de la commode où j'avais mis à l'abri mon seul bien : une photo de Lucile à Amboise que j'avais eu cent fois l'envie de déchirer, mon téléphone portable et les romans que je n'arrivais plus

à lire mais dont la compagnie fidèle, absurdement, me rassurait.
La chambre lui appartenant, je ne jugeai pas, sur le moment, sa fouille insolite. Mais très vite elle me sembla indiscrète, puis d'un sans-gêne inouï, puis véritablement saugrenue, tellement saugrenue que je me demandai un instant si monsieur Simon n'avait pas tout simplement perdu l'esprit.
Ce n'est que lorsque je le vis inspecter méticuleusement dans la penderie l'intérieur de mes baskets et vider les poches de ma veste en secouant leur doublure, que je compris ce qui m'allait être bientôt confirmé : il me soupçonnait de vol.
Les bras m'en tombèrent.
Et mon courage.
Et mes efforts.
Et mes dernières illusions.
Vous me devez des explications, balbutiai-je, en m'efforçant de garder mon sang-froid.
Vous me devez ? Je rêve ! riposta monsieur Simon sans me regarder. Il avait sur le visage une expression affreuse.
C'en était trop. Trop de hontes ajoutées à trop de dépits, à trop de douleurs, à trop de fatigues et à trop d'offenses. C'en était trop pour ma tête et trop pour mon cœur qui n'en pouvaient supporter plus. Je crus que j'allais m'effondrer, là, sur le sol, comme un arbre qu'on abat. Au lieu de quoi, je ressentis la haine m'envahir, une haine inconnue, sauvage, mordante, une haine impérieuse et qui eut cet effet immédiat, électrique, d'aiguiser mon

esprit. Rien de tel que la haine pour vous fouetter le sang et cravacher vos nerfs.
Je me dis alors que je devais, sans perdre une seconde, concevoir un éclat, une action décisive, une parole forte qui mettrait un terme à cette effroyable suspicion dont j'étais devenu l'objet. Peut-être était-il trop tard, mais il me fallait à tout prix essayer. J'hésitai sur le parti à prendre.
Je n'avais en vérité qu'un choix des plus restreints : soit fuir à toute allure loin de ces infâmes qui m'étaient devenus haïssables, mais pour aller où mon Dieu ? pour aller où ? ; soit alerter les autorités de la région, démarche que j'avais jusqu'à présent évité de faire, tant je craignais qu'elle n'empirât ma situation et ne déclenchât en retour de violentes représailles.
Au milieu de la nuit, je décidai d'en finir avec mes illusions et de partir, de partir, quelles qu'en fussent les conséquences, de partir n'importe où plutôt que de crever ici d'humiliation et de douleur, de partir après avoir démoli la gueule et fait sauter les dents de l'immonde Dédé que sa femme, je le comprenais à présent, détestait fidèlement depuis plus de trente ans. Et je me sentis fort de l'avoir décidé, fort, puissant, volontaire, comme je ne l'avais plus été depuis la maladie.
Mais ces heureuses dispositions ne durèrent qu'un tout petit instant. Car cent obstacles surgirent dans ma tête, qui me firent aussitôt reculer, cent craintes irrépressibles, celle surtout de devoir fuir sans fin, d'un rejet l'autre, d'une honte l'autre, d'un désespoir l'autre, et celle d'endurer ailleurs ce qu'ici je

vivais, mais en pis, je veux dire sans Mîna et sans Augustin, coupé de toute attache, de tout étiage, terriblement, désespérément libre.
Je donnai un grand coup de poing dans le mur qui fit une marque sur le plâtre et me meurtrit la main. Il était minuit passé. Je me couchai. Mais je résistai au sommeil par crainte que des cauchemars ne s'emparassent de moi et ne m'engloutissent (j'étais sujet depuis deux mois, dans mon sommeil, à des images d'engloutissement dont la terreur qu'elles m'inspiraient me réveillait en sursaut, tout couvert de sueur).
J'essayai d'écouter l'émission de radio « Ouvert la nuit », mais je ne parvins pas du tout à concentrer mon attention. Ma main me faisait mal, mon cœur me faisait mal, et mon âme (qui chez moi siégeait dans le ventre) me faisait plus mal encore. Je sentais ma vieille honte d'enfance la submerger, cette honte que je pensais avoir surmontée depuis longtemps, contre laquelle j'avais tant bataillé et dont je croyais avoir laissé derrière moi la dépouille en me hissant au statut valorisant de professeur de français à la syntaxe impeccable.
Cette honte que je pensais à jamais morte et enterrée me revenait soudain, inaltérée, entière, et grosse d'une rage pleine de ressentiment.
Je restai allongé sur le lit, les yeux ouverts fixés sur le plafond, à répéter bêtement à voix haute Je les hais, je les hais, je les hais, je les hais..., car si ma honte était aussi vieille que moi, ma haine, elle, était toute neuve et je ne savais encore comment en faire usage.

Lorsque l'aube se leva, je pris une décision grave dont j'aurais peut-être à me repentir : celle de solliciter un rendez-vous avec le maire du village. Cet homme, dès le premier contact, m'avait paru quelqu'un de bien, quelqu'un d'affable et d'une grande rigueur morale. Sans doute le seul digne de confiance au milieu de ces gens que désormais je détestais comme je n'avais jamais détesté quiconque et que je souhaitais voir brûler en enfer, du premier au dernier.
Cette décision prise, je m'endormis.

L'élection de Trump, ça te les a foutus par terre tous les beaux parleurs, dit Dédé.
Ça va leur clouer le bec, dit Marcelin.
À la bonne heure ! dit Émile.
C'est comme l'autre, le moricaud, on dirait qu'il la ramène moins, dit Émile.
Il se tient à carreau dans sa niche, dit Marcelin. On verra jusqu'à quand.
Tu veux dire qu'il en branle pas une, oui ! reprit Dédé.
Pourquoi qu'il se ferait chier à travailler puisque le pays l'entretient pendant que nous on trime, pendant qu'on en chie, putain ! fulmina Émile.
Ils le savent bien, tous les étrangers, qu'ici c'est la Cocagnie. Pourquoi tu crois qu'ils rappliquent ? dit Marcelin.
La quoi ? dit Dédé.
La terre promise Ducon, s'énerva Marcelin. Ou le Pérou. Ou Palm Springs si tu préfères. Avec l'assistance en prime, des montagnes de bontés

pécuniaires, des salopes à baiser en pagaille, sans compter les petits soins charmants pour ces choux tellement à plaindre !
L'allocation mensuelle plus le stupre, qu'est-ce que tu veux de plus ? ragea Étienne.
Quoi ? Qu'est-ce que tu dis ? Le quoi ? dit Dédé.
C'est dur d'être entouré d'analphabètes ! Le stupre, Dugland ! Le sexe en français, si tu préfères, dit Émile.
On apprend chaque jour, dit Dédé.
Mais ici question stupre, il est pas bien tombé le don Juan de mes deux ! Quoiqu'on puisse avoir des surprises. Avec Étiennette par ézemple, notre Sainte Vierge à nous, dit Émile en riant. Mais je te dis pas la rouille qu'il doit y avoir dans sa foufoune !
Oui mais avec l'aide du bon Dieu et un petit coup de gel dérouillant, ça pourrait le faire, blagua Marcelin.
Et tous se mirent à rire, sauf Gérard qui était resté muet depuis son arrivée.

Durant ce court sommeil, je rêvai que je faisais l'amour avec une femme étrange, une femme croisée comme on le dit des races animales, puisqu'elle avait le visage en amande de Lucile et son menton pointu, et le corps plantureux de Mîna, son corps vallonné, ses collines, ses prés, ses bosquets, ses ruisseaux, ses vergers, ses viviers, ses fontaines, je m'emballais rien qu'à les dénommer.
Et ce rêve infiniment délicieux, et pour une fois intelligible, me donna du courage pour affronter le jour.

Petite parenthèse, osa Gérard le sentimental. Il paraît qu'Étiennette souffre d'un burnout depuis que son chat a été zigouillé par le chien des Astor. Je trouve que c'est pas gentil de vous moquer.

Tout le monde aujourd'hui souffre d'un burnout, je rêve ! s'emporta Marcelin. Tout le monde, moi, toi, lui, tout le monde. Le nouveau aussi, paraît-il. C'est la dernière mode. Je te leur ferais passer leur burnout moi, si j'étais décideur.

Qu'est-ce qu'on disait ? dit Dédé. Ah oui, que le nouveau restait tout le temps enfermé dans sa turne à se branler.

Je suis d'avis qu'il faut continuer à le pister les rares fois où il s'aère, dit Émile.

Faut pas le lâcher d'une semelle, affirma Marcelin.

Je fus reçu très officiellement par monsieur le maire dans son bureau.

Je lui racontai d'entrée (j'avais décidé de jouer cartes sur table) l'épisode du café qu'il connaissait sans doute, car dans ce village, je l'appris plus tard, tout le monde savait tout sur tout le monde et jusqu'aux détails les plus intimes. Je lui dis combien je m'étais senti humilié et combien j'en avais souffert. Je passai sous silence l'épisode de la fouille qui m'inspirait trop de honte, mais je lui avouai mon sentiment d'être devenu, depuis quelques mois, un homme traqué comme on le disait en termes de chasse, un homme traqué, répétai-je, je ne croyais pas alors si bien dire, un réprouvé, ajoutai-je, un indésirable et presque un criminel. J'insistai surtout sur ma crainte de plus en plus vive de voir survenir un drame qui pourrait s'avérer fatal si on n'en prévenait pas, dès à présent, les causes, et si on n'arrêtait pas au plus vite le mouvement d'hostilité que le cafetier avait inconsidérément déchaîné.

J'ajoutai, sur un ton ferme, que je n'étais pas venu pleurnicher, encore moins quémander une pitié facile ou une touchante sollicitude, encore moins je ne sais quelle mesquine vengeance. Mais que j'espérais simplement être aidé dans une situation que je jugeais critique et dont j'appréhendais fortement qu'elle ne prît une tournure inquiétante et ne dégénérât.

Car m'aider, lui dis-je avec solennité (j'avais réfléchi toute la nuit aux mots dont j'userais), m'aider, monsieur, c'est aussi aider les gens de ce village à éprouver leur capacité à rester liés les uns aux autres. Comprenez-vous cela ? Comprenez-vous que mon sort et celui de vos administrés est lié, que vous le vouliez ou non ? Comprenez-vous que ce qu'ils m'infligent, ils se l'infligent à eux-mêmes ? Comprenez-vous qu'en m'excluant, ils excluent leur propre capacité à vivre dans l'ouvert ?

Non, non, dis-je avant que le maire n'ait pu ouvrir la bouche. Ne me dites pas que ce sont des grands mots. Ce sont les mots d'un homme qui vécut jusqu'à l'adolescence dans une cité où l'on avait entassé ceux qu'on voulait mettre à l'écart, et vous savez aussi bien que moi ce qui résulta de cette relégation, vous savez aussi bien que moi le désastre que ce fut, et qui dure, et qui n'a pas fini de durer.

Votre village, monsieur le maire, croit se défendre en m'écartant. Puis-je vous dire qu'on ne se défend pas en excluant les autres, les solitaires comme moi, les pas-pareils, les pas-conformes, les pas-de-chez-nous, que sais-je ? Puis-je vous dire que leur rejet attire souvent les malheurs dont on cherche précisément à se prémunir ? Puis-je vous dire que la violence est funeste à ceux qui l'exercent autant qu'à ceux qui la souffrent ? Comprenez-vous cela ? Comprenez-vous qu'en se racornissant, qu'en barrant l'accès au risqué, à l'incertain, au hasardeux, à l'encore indéchiffré, à tout l'imprévisible, on barrait l'accès à son propre avenir ? Comprenez-vous que l'Histoire lorsqu'on la ferme devient une prison sans air où les choses s'infectent ? Et que les guerres naissent de ces infections ?

Le seul espoir, je m'exaltais, le seul espoir c'est de lier les autres à ce que nous sommes et que nous devenons, pour mieux nous inventer ensemble, pour mieux reconfigurer notre avenir et concevoir de nouvelles intelligences. Je parlais comme un livre, j'avais tant de fois médité ces choses durant ces derniers mois. La paix, lui dis-je avec emphase, la paix, monsieur, n'est qu'à ce prix.

Et avant que le maire n'ait pu réagir, Non, ne me dites pas non plus que je suis une belle âme. Ne me dites pas que je suis angélique, ou candide, ou rêveur, ou aveugle, comme les braves gens qualifient ceux qui, comme moi, font valoir ces raisons. Je suis très exactement le contraire.

Le maire eut un hochement de tête qui me sembla d'acquiescement, et fixa un long moment le col de ma chemise, comme s'il y cherchait les éléments d'une réponse.

Puis sur un ton affable et bon, il me questionna sur mon métier de professeur (il n'était pas indifférent aux titres), et sur l'évolution de la maladie qui m'avait en quelque sorte amené jusqu'ici.
Il m'interrogea ensuite, avec une sorte de gourmandise, sur mes origines espagnoles, sur l'arrivée de mes grands-parents en France en 1939 et sur le camp de concentration d'Argelès-sur-Mer où ma mère naquit.
Je répondis brièvement.
Je me contentai de lui dire, avec une légère impatience, que l'épreuve que je vivais actuellement n'avait nullement le caractère douloureux des épreuves que mes parents et grands-parents avaient subies. Qu'elle était bien moins romanesque, bien moins déchirante, bien moins apitoyante et bien moins spectaculaire. Que j'étais juste jugé indigne de m'asseoir dans un bar, et offert à la détestation de tout un village, c'est-à-dire, appuyai-je, c'est-à-dire condamné à une vie honteuse, à une vie peureuse, à une vie déshonorée. Un drame très banal, ne pus-je m'empêcher d'ajouter, et dont sans doute tout le monde se contrefout.
Le maire resta un moment silencieux, apparemment ébranlé par mes paroles. Il baissa les yeux. Peut-être parce qu'il ne pouvait soutenir mon regard et l'expression tragique qui devait se peindre, malgré moi, sur mon visage.
Puis, avec sa bonne figure et sa bonne voix, il m'assura, tout en contemplant ses mains qu'il avait croisées sur son estomac comme le font les prêtres,

il m'assura qu'il comprenait mon désarroi et qu'il le déplorait profondément.
En sa qualité de maire (il se redressa sur son siège), il userait de son crédit et de sa fonction pour tenter de rendre plus raisonnables ses administrés, et plus, enfin moins difficile mon séjour.
Il s'étendit, ensuite, avec une sorte de satisfaction, sur la forte personnalité de Marcelin Laplace, patron du Café des Sports et président de la fédération départementale de chasse, qu'on surnommait parfois Chéri Bibi, du nom d'un catcheur des années 1960, en raison de sa carrure de molosse qui cachait, disait-on, un cœur d'or.
Quel numéro ! s'exclama-t-il.
Il n'y en a pas deux comme lui !
Un homme qui s'était fait seul et à la force du poignet, élevé sans père par une fille mère comme on disait alors, un petit bâtard qui était devenu la plus grande gueule du canton. Et que personne ne s'avisât de lui rappeler sa bâtardise ! Et encore aujourd'hui, malheur à qui y ferait allusion ! Toute question sur la paternité lui faisait monter le sang au visage et il faillit une fois se battre avec le fils Granjon qui avait eu le malheur d'utiliser devant lui le mot bâtard dans son acception moderne de pauvre type.
Un mastard taillé dans le roc, un bâfreur, un fonceur, un cogneur, un colérique qui ne mâchait pas ses mots, qui pourfendait les hypocrites et surtout les hypocrites avec eux-mêmes et qui vous balançait ses quatre vérités avec la vigueur d'un Donald Trump, à qui il n'hésitait pas à se comparer, à juste

titre, car il lui ressemblait étonnamment, sur le plan physique s'entend.

Moi j'ai mon petit plan, promit Marcelin avec une grimace mauvaise. Il va comprendre, le fumier.

Le type en imposait.
Et personne ne s'avisait de lui chercher des poux dans sa tignasse jaune, par crainte de se prendre, en retour, un pain en pleine gueule.
Personne, s'enthousiasma le maire, personne n'avait encore réussi à lui damer le pion.
Le cafetier avait pris peu à peu un tel ascendant sur les habitants du village que, pour certaines questions d'intérêt communal, il lui faisait carrément concurrence, au risque d'ailleurs de discréditer son autorité.
Marcelin Laplace avait en effet trouvé un moyen radical de résoudre les problèmes des villageois : [1]
il les supprimait, en bon chasseur qu'il était. Deux coups d'escopette, en paroles bien sûr, et affaire réglée ! À la suivante ! Et que ça saute !
Quant aux discours qu'il entonnait pour justifier ces intimidations, fort efficaces au demeurant, ils étaient faits d'un solide bon sens et d'outrances comiques, de menaces matoises et d'aveuglements cultivés, d'idées très justes, très enjôleuses et d'autres très fausses et même très abjectes, et leurs combinaisons suscitaient un très respectueux enthousiasme. On trouvait leur auteur incomparable.
Mais je garde l'œil sur lui, m'assura le maire en me désignant son œil gauche de son index droit.

Ceci dit, ajouta-t-il, bonasse, ceci dit, c'est loin d'être un mauvais bougre, malgré ses airs de brute qui peuvent impressionner. Mais voyez-vous, c'est précisément ce qui plaît aux clients : son ton de brute pour dénoncer ce qui en secret les indigne, ces bravades sans suite, ces invectives gratuites au président de la République, ça ne mange pas de pain, ces appels au meurtre sans lendemain, ces paroles cinglantes qui leur semblent sincères car ce qui est sincère est censé faire mal, ces obscénités qui les font rire et les arrachent à leur ennui, ces brutalités dans lesquelles ils décèlent une forme de rébellion, et les façons abruptes qu'il adopte envers ceux qu'il appelle les pédés, ou l'élite, c'est selon : deux termes génériques qui englobent indistinctement le notaire maître Dumas, Jacques Joliot le professeur, les intellectuels, les artistes, presque tous les politiciens, tous ceux qui sont, dit-il, au-dessus du panier, mais aussi les fumeurs de haschich, les écologistes, les rappeurs, les bobos, le chanteur Stromae, le philosophe Bernard-Henri Lévy, l'anarchiste Cohn-Bendit, les journalistes parisiens, vous, moi, jusqu'à son propre fils Augustin, et j'en passe. Les gens du village le craignent d'instinct, ajouta le maire sur ce même ton affable et débonnaire qui ne le quittait pas. Ils le craignent d'instinct en même temps qu'ils recherchent sa puissance d'agression, qui est considérable. Pourquoi ? me dit-il. Parce que ses cent vingt kilos et ses airs inflexibles les sécurisent mieux que tout raisonnement. Et puis parce qu'ils trouvent dans son Café un peu de réconfort, ils en ont tant besoin, un peu de réconfort à rire des mêmes choses, à penser les mêmes choses et à détester les mêmes choses, qui sont des choses que leurs parents, grands-parents et arrière-grands-parents moquèrent, pensèrent et détestèrent.

Et les rares qui ne partagent pas les goûts et opinions qui sont enracinés en eux depuis des lustres, au point qu'ils les croient universels et totalement incontestables, les rares qui dissemblent, leur apparaissent non pas comme des individus différents, non pas comme des étrangers énigmatiques, ou comme des êtres exotiques et à ce titre fascinants ainsi que le furent pour moi dans l'enfance les Indiens des westerns, mais comme des créatures d'une autre espèce, des spécimens totalement impénétrables et totalement inconnaissables, venant d'une planète dont ils ne peuvent rien se représenter, et dont le surgissement réveille en eux une atavique terreur.

Le maire, à ces paroles, éclata d'un rire bonhomme. Et lorsqu'il leur arrive de quitter le village où ils sont nés, où ils se sont mariés et où sans doute ils mourront, pour aller en touristes faire la Tunisie, la Thaïlande, la Chine, ou le Mexique, précisa-t-il avec une lueur de malice dans les yeux, ils le quittent tous ensemble et voyagent tous ensemble, notre Comité des Fêtes proposant tous les étés une destination éloignée. Alors, tels des enfants, ils s'émerveillent des mêmes choses et s'offusquent des mêmes choses, qu'ils évoqueront plus tard sous l'intitulé « Souvenirs de vacances », afin de tromper la tristesse des jours d'hiver, et mieux se convaincre mutuellement

de cette vérité que sans cesse ils radotent : On est bien mieux chez nous *!*
Ils prétendent, remarqua-t-il avec un sourire indulgent qui éclaira son bon visage, ils prétendent que les voyages leur changent les idées, mais le changement de leurs idées n'est pas, à proprement parler, spectaculaire (il pouffa de rire en le disant). Et jusqu'à preuve du contraire, je les ai toujours vus revenir, été après été, identiques à eux-mêmes et d'autant plus enferrés dans les idées qu'ils se font de la vie et du monde qu'ils les ont confrontées au grand dehors, qui les apeure.
Mais ne vous inquiétez pas, ajouta-t-il sans transition, je vais veiller à ce qu'ils ne poussent pas le bouchon trop loin.
Il dut lire dans mes yeux un immense désarroi, car il se pencha vers moi par-dessus le bureau comme pour me faire une confidence, et à voix chuchotée : Ces personnes certes voient midi à leur porte, que cela reste entre nous. Elles sont, comment dirais-je, pas très futées et peu portées aux disciplines de la pensée. Enfin quoi, un peu frustes. Ne leur demandez pas si elles ont lu la Critique de la faculté de juger *d'Emmanuel Kant, dit-il en étouffant un rire. Brutes de décoffrage, si vous me permettez cette expression imagée mais qui n'a rien de méprisant dans ma bouche, notez-le bien. Leur cœur parle avant leur tête, et leurs émotions prennent le pas souvent sur les arguments dictés par la raison. Mais je peux témoigner que ce sont de bonnes personnes, et qu'elles se montrent tout à fait respectueuses de la loi.*

Il regarda discrètement sa montre et, avec une attitude à mi-chemin entre le sérieux qu'exigeait sa fonction officielle et la sincérité qu'il pensait devoir témoigner à la dure réalité de mon cas, il me signala la fin de l'entretien. Un autre rendez-vous important l'attendait, mais la porte de son bureau me resterait ouverte aussi longtemps qu'il serait maire, Bonne continuation.
Je dois avouer que, rétrospectivement, cet entretien me plongea dans la plus grande perplexité.
J'eus la conviction qu'en dépit de sa bonne volonté, de sa bienveillance et de sa tendance à tout concilier, le maire évaluait mal la menace qu'une partie du village faisait peser sur moi. J'eus la conviction qu'il la minimisait pour n'avoir pas à prendre des mesures qui risquaient d'être impopulaires, ou parce que sa nature affable et probe, d'une certaine manière, l'aveuglait, ou peut-être simplement parce qu'il était si accoutumé aux discours de ses ouailles qu'il n'en percevait plus la part nocturne.
Je me dis en même temps que j'exagérais peut-être, de mon côté, le danger que j'encourais. Je me dis que la maladie, la solitude, la perte de repères, le manque cruel d'un univers familier et le rejet haineux de certains m'amenaient à en décupler imaginairement la gravité.
Je passai une partie de la nuit à balancer entre ces deux hypothèses, sans parvenir à trancher entre elles.
Puis je m'accrochai de toutes mes forces à l'idée que j'allais bientôt conduire Mîna dans la forêt. Et

je finis par m'endormir sur le petit pré moussu, au pied des grands chênes. À son côté.

La colère montait au Café des Sports.
Chaque jour la colère montait.
La dire ne suffisait plus à l'apaiser. On avait même l'impression que la dire l'augmentait.
Du reste, on y prenait goût à la colère, au Café des Sports. On y trouvait presque une forme de plaisir. On s'en grisait.
Car en secouant les esprits, la colère les désencombrait du même coup des petits soucis étriqués et médiocres, des petits tracas galeux qui d'ordinaire s'y entassaient, certains depuis des lustres, c'est dire la poussière.
Elle était comme un vent fort qui arrache les branches mortes et renverse les murs branlants.
Une bienfaisante bourrasque qui cinglait les esprits, les mordait, les décrassait, les revitalisait.
Et tant pis si elle écrasait les subtilités et les nuances. Tant pis si elle brouillait ou obscurcissait le jugement critique ! Qui servait à quoi, je vous le demande ? À compliquer les choses ! Et parfois vaut mieux pas !
La colère dramatisait la vie, qui retrouvait enfin sa vivante pulsation.
Elle la lestait, cette vie si volatile, si fuyante. Elle lui donnait un poids, une cause, un projet, une ardeur. Alors on la cultivait, on l'épiçait et on la faisait longuement mijoter.
Puis on la dégustait, à petites bouchées d'abord, puis à grosses lampées, puis à très grosses. On s'en pourléchait. On s'en empiffrait. Et tout le reste devenait insipide au palais.

Je ne peux plus vivre ainsi, je ne peux plus vivre ainsi, me répétais-je. Il me faut trouver un secours. Mais où était le secours ?

On s'avisait de surcroît que la colère avait cette vertu ô combien précieuse de rapprocher les hommes et de les réunir autant sinon mieux que la joie. S'indigner, s'enflammer et foutre une raclée plus ou moins meurtière à des indésirables étaient des actes qui se pratiquaient mieux, plus allègrement et plus férocement, lorsqu'on était en meute, toute l'Histoire l'enseignait.

La condition cependant était que la cible visée fût à la hauteur de la rogne qui enflait qui enflait qui enflait comme la mer, qu'elle la méritât et qu'elle la justifiât, qu'elle fût donc suffisamment exécrable, suffisamment ignoble et des plus inquiétantes. Et au besoin qu'on lui injectât un petit supplément d'abjection afin d'améliorer son caractère odieux.

Dieu sait ce qu'il fabrique à rôder dans la forêt à des heures indues ou à rester enfermé tout le jour dans sa turne, dit Marcelin pour la vingtième fois.

Comme si on lui faisait peur, dit Émile.

Comme si on était des monstres, dit Dédé. C'est insultant à la fin, merde.

Nous on est bien gentils, mais faut pas qu'on nous prenne pour ce qu'on est pas, bordel de Dieu, s'énerva Marcelin.

On a notre honneur, putain, dit Étienne.

Dans à peine deux jours, me disais-je, j'amènerai Mîna dans la forêt des Combes, loin de toute cette méchanceté. Et je m'accrochais à ce rêve avec une sorte de désespoir.

Il faudrait faire une pétition pour exiger son départ, suggéra Émile. Ça ferait boule de neige et on verrait ce qu'on verrait.
Qu'on espatrie tous les intrus, s'écria Dédé, et son bras fendit l'air en direction de la porte.
Sur ces paroles toutes fumantes, entra Jacques (de l'Éducation nationale). Mais cette fois-ci, les fulminations ne s'interrompirent pas à son arrivée, et les débats ne s'aiguillèrent pas vers des sujets plus anodins.
C'est que, depuis peu, on ne se gênait plus pour dire ce qu'on pensait, au Café des Sports.
Il y a quelque temps encore, on était tout miel, on prenait des gants, on atténuait les rudesses, on les nappait d'amabilités, on les entortillait de prétéritions, et on se livrait à des gymnastiques verbales pour dire les choses sans les dire, et ce jusqu'à la roublardise.
Dorénavant, fini les simagrées ! Fini les chichiteries de pédés !
On ne trichait plus, nom de Dieu ! Tel était le dernier décret tacitement promulgué par Marcelin, vexé de n'avoir pas obtenu de Jacques les bravos et félicitations qu'il était en droit d'attendre pour les remèdes politiques qu'il préconisait, et extrêmement contrarié par ses critiques voilées autant que per-

sistantes (car il était, malgré ses airs, extrêmement susceptible).
Désormais, au Café des Sports, on ne parlait plus à mots couverts, et on l'ouvrait bordel de Dieu ! Désormais on accordait ce qu'on pensait à ce qu'on disait. Et on le disait fort et sans rougir. À masque levé. Avec une vigueur de poumons peu commune. Avec une vigueur d'autant plus éruptive qu'elle avait été longtemps comprimée. Quel mal y avait-il à cela ? Quel mal y avait-il par exemple à affirmer qu'on n'aimait pas les bougnoules ? Pourquoi devait-on taire honteusement ce qu'on avait sur l'estomac, et se faire autre que ce qu'on était ? Ici c'était pas l'ENA, ni Polytechnique, ni le Concours des Élégances. Y avait ni premier ni dernier. Et on s'exprimait librement, putain, n'en déplaise aux beaux esprits ! Du reste, les beaux esprits, on leur pissait à la raie ! C'est pas eux qui nous faisaient croûter ! Il serait d'ailleurs extrêmement raisonnable, pour le bien de la nation, que ces messieurs les beaux esprits nous entendissent, pardon, nous entendisassent. Parce que ça faisait un bail qu'ils causaient à notre place, et ça commençait à nous taper sur le système nerveux !
Le maire fera rien contre le nouveau, dit Dédé sur sa lancée. J'en mets ma main au feu. Il lèvera pas le petit doigt pour arrêter la cata. Avec ses idées humanistes à la con !
Trop bon trop con ! dit Émile, d'un air pénétré.
D'ici qu'il fasse le sentimental et qu'il lui promette monts et merveilles, soupira Dédé.

Moi, ses idées humanistes, je m'assois dessus, voilà ce que j'en fais, bordel ! vociféra Marcelin qui avait fait mine, jusque-là, de se contenir.
Assez ! se prit soudain à hurler Jacques. Ce qui fit sursauter tout le monde.
Quoi, assez ? dit Marcelin.
Assez de vos horreurs ! s'écria Jacques.
Mais tu te crois à l'école ou quoi ? riposta Marcelin sur le ton offusqué d'un roi de comédie.
Allons, allons, dit Gérard, extrêmement troublé.
Tu ferais mieux de t'occuper de ton cul, dit Marcelin, qui fulminait.
Vous passez les bornes ! s'écria Jacques. C'est intolérable !
Si t'es pas content, y a une solution, dit Marcelin en pointant sur la porte un doigt comminatoire.
Du calme, les gars, du calme, essaya de tempérer Gérard, devenu blême.
Allez vous faire foutre ! cria Jacques, et il quitta le café en faisant violemment claquer la porte.
Consternation.
Long silence.
Bon débarras ! finit par grommeler Marcelin.
Mais pour une fois, sa parole demeura sans écho.

Mina et moi nous étions donné rendez-vous au croisement de la route de Barogne et du chemin des Coquelicots, qui longeait le cimetière et menait en serpentant jusqu'à la forêt des Combes.
Nous avions pris la précaution d'arriver chacun par un bus différent, de sorte que personne ne pût nous surprendre ensemble.

Mîna n'était pas retournée dans une forêt depuis son plus jeune âge. Elle se souvenait avoir ramassé, non loin d'ici, avec son père, de pleins sacs de bois mort et de pommes de pin pour en remplir le poêle noir de leur maison. Elle se souvenait avoir aimé regarder le feu où les pommes de pin crépitaient avec un bruit sec, comme des petits pétards.
Nous longeâmes l'étang où des canards colverts nageaient en émettant des bruits rauques et comme éructés, des sortes de rots obscènes qui n'allaient pas du tout, mais alors pas du tout, avec leur belle allure. Pas étonnant, dit Mîna, que le cri du canard s'appelle le cancan, et nous rîmes ensemble. Rien ne me procurait plus de plaisir que d'entendre rire Mîna.
Mîna semblait joyeuse et un peu nerveuse en même temps.
Je la pris par la main et l'amenai jusqu'au petit pré moussu où je m'étais étendu tant de fois depuis mon arrivée.
Je posai mon manteau sur le sol.
Et nous nous allongeâmes côte à côte, indifférents au froid, nos doigts entrelacés.
Le temps s'arrêta.
Nous étions seuls au monde.
Et la forêt n'existait que pour nous.
Pour la première fois depuis longtemps, je sentis une forme de paix descendre dans mes veines et ralentir mon cœur.
Le jour déclina dans des couleurs de rose et la forêt se prépara à son intense et batailleuse traversée nocturne.

J'aurais aimé que ce moment ne finît jamais. Mais Mîna reprenait son service à 18 heures et ne voulait pas arriver en retard. Elle était extrêmement sérieuse dans son travail. Surtout depuis que le gérant de l'hôtel, l'odieux monsieur Cacoin, avait vendu la mèche à son patron.

Alors nous nous quittâmes sur la promesse de nous retrouver vite. Et nous échangeâmes notre premier baiser, très doux, très doux, si doux que je me surpris à bander.

Sur le chemin du retour, je marchai comme on vole. Je crois même que je chantonnai cette chanson si belle entendue à la radio, qui s'appelait « Revivre ». Arrivé au village, je croisai Étiennette et m'apprêtai à lui dire bonjour, lorsqu'elle tourna brusquement la tête.

Ma joie retomba d'un coup. Tranchée nette.

Les enfants qui jouaient dans la rue crièrent à ma vue Dehors ! Dégage ! Et le plus jeune d'entre eux cracha dans ma direction, puis détala comme un lièvre.

Rien ne pouvait m'atteindre davantage que ces réactions d'enfants qui miment les adultes dans ce qu'ils ont de plus odieux et répètent les choses viles qu'ils ont glanées ici et là, émerveillés de découvrir l'infinité des bassesses, des cruautés et des mortifications qu'autorisent le pouvoir ou la supériorité physique.

Mais je résistai au chagrin qui était tout près de m'envahir, et j'intégrai sur le champ ces données enfantines.

Très vite je les déchiffrai, j'en pesai les motifs et j'en interprétai le sens.
J'en interprétai le sens avec cette perfection logique implacable dont sont doués les fous paranoïaques. Car j'étais devenu d'une certaine façon un fou paranoïaque. Ce qui me confirmait dans l'idée que les épreuves traversées ne forment pas le caractère, ainsi qu'on le prétend, mais le déforment à tout jamais et l'entraînent parfois dans de terrifiants abîmes.
J'inférai donc de mes paranoïaques spéculations que la nouvelle de ma visite au maire avait dû se répandre dans le village comme une traînée de poudre et fait monter d'un cran la tension déjà grande.
J'en déduisis aussi que, si Étiennette et les enfants s'étaient montrés aussi ouvertement hostiles, cela signifiait logiquement que tout le village à présent se liguait contre moi.
J'étais devenu, c'était flagrant, la bête noire.
Cette conclusion alarmante se trouva confirmée dès le lendemain. Je reçus en effet trois SMS anonymes dans la matinée. L'un me traitait de « vendu et de sous merde alal » et signait « un bon Français qui conte bien resté chez lui ». L'autre me qualifiait de « sale crouille ». Le dernier, provenant d'un envoyeur peu versé en géographie, m'exhortait à regagner « ma pampa », phrase suivie de trois points d'exclamation.

Ce soir-là, au Café des Sports, on but, on but, on but plus que de raison. Après les premiers pastis destinés à réchauffer les cœurs, Dédé offrit la première tournée, Émile la seconde, et Marcelin, dont la clientèle appréciait qu'il fît de temps à autre un petit geste, offrit la troisième.

Je ne cessai de repenser aux SMS reçus. J'avais peur. J'avais froid. J'étais pris de frissons. J'avais le sentiment qu'une machination se tramait contre moi.

Marcelin, qui avait vu s'échouer depuis plus de quinze jours tous les accords de paix avec son épouse Filomena, était d'une humeur exécrable qu'il s'employait à dissimuler du mieux qu'il le pouvait. Pour le punir d'avoir, une fois de plus, traité son fils de pédale, Filomena ne lui adressait plus du tout la parole, et, soir après soir, demeurait obstinément muette avec un visage de morte devant l'écran de télévision. (Filomena, qui avait cédé depuis longtemps à Marcelin tous les signes extérieurs d'un pouvoir régalien, savait parfaitement que c'était elle désormais et rien qu'elle qui dirigeait, en sous-main, le gouvernement domestique, lequel se faisait chaque jour plus autoritaire.)

Les familles auprès desquelles j'avais grandi dans ma cité disaient souvent qu'il fallait craindre Dieu. Moi, c'étaient les hommes aujourd'hui que je craignais plus que tout au monde.

Il était 19 heures au Café des Sports lorsqu'une étrange effervescence s'empara des esprits. On blagua. On persifla les femmes qui étaient toujours à rechigner. On trinqua. Santé. Santé, tous en chœur. On fit claquer les langues. On eut les joues en feu. On se tamponna le front. On alla pisser. On retrinqua. À l'amour ! hurla Dédé en levant son verre. À l'amour ! l'imita Émile. Bientôt ce dernier fut ivre. Il vociféra qu'il allait se la faire. C'était de la petite serveuse, qu'il parlait. Il allait se la faire putain de Dieu ! Émile n'était plus du tout dans son élément. Il divaguait. On aspergea son visage d'eau froide. On le fit asseoir. Nouvelle tournée. À la santé du con qui paie ! Étienne, en l'occurrence, abruti de fatigue, et dont on ne comprenait plus très bien ce qu'il bredouillait, en dehors des mots cul, bite et Arabe. Dédé rigola tant à l'entendre qu'il s'étrangla en vidant son verre. Je m'escane, souffla-t-il en toussant. On lui tapa dans le dos. On lui dit Respire. On déboutonna le col de sa chemise. Il rota. Il se remit. Émile, à demi assommé, se prit alors à hurler Ah ! putain ! si j'avais trente ans de moins, j'enverrais tout dinguer ! Tout ! Le pavillon qui m'a bouffé les économies de toute ma vie et que j'ai pas fini de payer ! Tout, ma femme, les mioches, le garage, tout ce caca ! hurla-t-il. Et j'irais faire la fiesta à Las Vegas ! Avec ma petite pute ! Et ses yeux, à ces mots, se fermèrent à moitié, emportés par le rêve et alourdis d'alcool. Il va nous faire une apoplexie, dit Marcelin, ce qui fit rire les trois autres. Moi aussi j'aimerais foutre le camp de chez moi, avoua Dédé, lui aussi bien éméché mais qui contrôlait encore. Mais alors seul ! dit-il, Seul, putain ! Le plus seul possible putain ! Le plus célibataire possible putain. Ici je vais crever ! Qu'est-ce que je devrais dire ? soupira Étienne, qui avait le vin triste. Et moi donc ! fit Marcelin, que son orgueil empêchait d'en dire plus.

Le mistral fit battre un volet mal fixé, et une telle angoisse m'oppressait que le bruit occasionné me fit lâcher le verre que j'avais à la main.

À mesure que la soirée avançait, l'euphorie des quatre buveurs, leur fausse euphorie du début déclina, puis lentement tourna comme on le dit du lait. Et l'effervescence devint sombre, de plus en plus sombre et nocturne.
Les gestes imprécis, mal assurés, avec lesquels ils portaient le verre à leur bouche et dont ils essayaient de corriger la trébuchante trajectoire, attestaient sans nul doute qu'ils étaient tous fin saouls.

Je ne pouvais plus dormir. Comment dormir lorsqu'on n'est plus qu'un morceau d'angoisse pure ? Comment venir à bout de cette nuit ?

Bientôt, sous l'effet de je ne sais quelle mécanique, les esprits échauffés de Marcelin et de Dédé (Émile et Étienne, K.-O., cuvaient leur vin, effondrés sur leur chaise, et relevaient de temps à autre leur lourde tête pour la laisser retomber aussitôt), les esprits échauffés de Marcelin et de Dédé s'envenimèrent. Et leur salive se fit fiel. Comme si remontait à leur bouche, depuis je ne sais quel fond noir, une mauvaiseté trop longtemps contenue.

Mon angoisse était d'autant plus grande que les menaces que je sentais peser sur moi étaient très imprécises. Je me levai soudain et j'allumai toutes les lampes pour mieux les voir venir. L'ennemi profite souvent du noir pour vous surprendre et vous abattre. Surtout quand il loge en vous.

Et cette mauvaiseté, cette rosserie, cette vacherie, cette saloperie des hommes, cette disposition à nuire, à meurtrir, à briser, à salir, à rabaisser qui est en chacun paraît-il à des doses diverses et sous des noms divers, cette saloperie ils la vomirent sur la gueule des autres. Pour l'épuiser. Pour en finir.

J'imaginais d'épouvantables scénarios où j'étais mis en charpie par une meute acharnée, tout assoiffée de sang et bien décidée à me faire mal, et même pire.

C'est au maire, d'abord, qu'ils s'en prirent, cette lavette, ce mollasson, ce sans-couille qui n'avait pas su mettre l'étranger à sa place. C'est-à-dire dehors, nom de Dieu.
Puis au député Caron, un bâtard, un fumier et un concussionnaire (le mot plut beaucoup à Dédé).
Puis, plus globalement, à toutes les mouches à merde qui volaient au-dessus du gâteau politique.

On va me mourir, me disais-je, comme l'avait écrit cette femme avant de mettre fin à ses jours.

La mécanique était lancée.
On en vint à remâcher les anciennes rancœurs. Contre Jeannot Tardieu qui, depuis qu'il était devenu cadre à la Centrale, faisait son important et portait des mocassins à glands, c'était à se tordre ! Et contre Gilbert Pons, qui n'avait pas restitué l'outil généreusement prêté : une clé à œil contrecoudée, achetée cinquante euros chez Monsieur Bricolage. Dédé, à cette occasion, se fendit d'un proverbe biblique : Il faut rendre à César ce qui est à César et à…
Dédé avait oublié la deuxième partie du proverbe. Il avait oublié Dieu. À moins que ce ne fût l'inverse.

Je me mis alors à retenir ma respiration et à tendre l'oreille afin de capter tous les bruits alentour, comme je l'avais fait tant de fois durant mon enfance indocile, lorsque j'assurais le guet à l'entrée de ma cité en fumant des cigarettes empruntées, tandis que les plus grands se livraient à leurs affaires dans les halls décrépits des immeubles.
Et je me vis soudain à douze ans, déjà instruit de la violence du monde et, je m'en souvins avec un serrement de cœur, tout fier d'y prendre part.
Dans mon esprit d'enfant, devenir grand, devenir homme, c'était forcément y prendre part.

La soirée tirait à sa fin, l'horloge indiquait à présent 22 heures. Nom de nom, on n'avait pas vu le temps passer. On savait que les épouses attendaient en fomentant des drames, on savait que la sainte soupe était depuis longtemps refroidie, que

les enfants trépignaient d'impatience, et que l'orage domestique était inéluctable. Mais on n'avait pas lâché tout à fait les derniers reliquats, ces choses torves embusquées tout au fond du cœur, et si difficiles à dire.
Alors, ces choses, on essaya de les cracher dans un dernier sursaut. De s'en vider.

Je tremblais de tout mon corps, comme si je pressentais avec l'instinct des bêtes que quelque chose d'irréparable et d'effrayant allait se produire.

On devint abominable et bête avec ivresse.
Il fallait que ça cogne.
Il fallait que ça saigne.
Tout du moins en paroles.
Et la mécanique s'emballa, l'alcool aidant, qui emporta loin, très loin dans leur divagation, Dédé et Marcelin.
Il paraît qu'il lui donne rendez-vous dans le bois à sa grosse pute, dit Marcelin,
En douce, pour la troncher peinard, dit Dédé.
Et si on organisait une battue ! proposa Marcelin.
Une battue ? dit Dédé, dont le pastis en surdose embrumait quelque peu l'esprit.
Une battue, répéta Marcelin impatient. Tu sais pas ce que c'est, une battue, Ducon ? Une battue au sanglier, tu sais pas ce que c'est ? T'en as déjà fait plein des battues au sanglier ! Eh bien c'est la même chose, Ducon ! Mais avec un mec en guise de sanglier. Une battue à l'homme, si tu préfères.
Une battue à l'homme, approuva Dédé.

Sur ce, Gérard entra, intrigué de voir le Café encore éclairé à cette heure tardive (il fermait en général aux alentours de 20 h 30).
Une battue à l'homme c'est plus excitant qu'une battue normale, expliqua Marcelin, et ça poursuit le même but hautement préventif.
Préventif ? demanda Dédé.
Oui préventif, s'énerva Marcelin. Les sangliers, tu sais pourquoi qu'on les chasse, Ducon ? Pour pas qu'ils causent dans les champs des dégâts irréparables et pour pas qu'ils se reproduisent. Les étrangers, c'est pareil. Et nous on veut pas qu'ils se reproduisent comme les sangliers et qu'ils nous fassent une tripotée de marcassins. Alors pan pan ! fit Marcelin en faisant mine de tirer.
Pan pan ! rigola Dédé, totalement éméché.
Il paiera pour les autres, fit Marcelin.
Pan pan, répéta Dédé pour lui seul, et riant encore.
Vous y allez fort, intervint Gérard.
Tu crois pas qu'ils y vont fort, eux, quand ils veulent imposer aux femmes la panoplie de Belphégor et tout leur saint-frusquin ? rétorqua Marcelin, la face vultueuse.
N'exagérons rien, dit Gérard.
Tu crois pas qu'ils y vont fort quand ils disent que la laïcité ils s'en battent les couilles, dit Dédé que l'intervention de Gérard avait légèrement dégrisé. La laïcité, pour toi, c'est zéro ?
Je veux pas entrer dans cette polémique, mais je trouve que vous y allez fort, dit Gérard, diplomate.
Il nous parle comme à des gogols ! ricana Marcelin.

On était là bien tranquilles, et voilà qu'il rapplique pour nous balancer un prêche ! protesta Dédé.
Marcelin et son compère bougonnèrent un moment contre l'idéaliste enflammé qui venait leur faire la morale, un samedi soir, à 23 heures, alors qu'ils baignaient dans les joies viriles de la camaraderie.
Nous on veut que la paix, c'est tout, dit Émile, tiré de sa somnolence et reprenant ses sens.
On n'aime pas les histoires, nous, c'est pas compliqué, renchérit Étienne, qui à son tour émergea de sa demi-conscience et lentement se redressa.
Nous on défend les valeurs de chez nous et on va pas laisser les étrangers les piétiner, putain de Dieu ! On va pas les laisser détruire par quelques individus soi-disant dans la détresse, beugla Marcelin, toujours incandescent.
On y est pas, nous, dans la détresse ? dit Dédé en se frappant la poitrine, et comme pour se dédouaner d'avoir eu de mauvaises pensées.
Je sais pas, dit Gérard qui n'osait plus penser à rien.
Tu veux que je te dise : nous on est pas de ceux qui chient sur leurs valeurs pour faire progressistes, dit Marcelin.
On en a rien à foutre, nous autres, de faire progressiste, insista Émile d'une voix traînante.
On se les met dans le fion, bien profond, les idées progressistes des sommités parisiennes, dit Dédé.
Nous on habite pas à Paris, et on s'en plaint pas, putain, avec la pollution qu'y a là-bas, et la pluie tous les jours, dit Émile qui avait du mal à articuler.
Moi il faudrait me payer pour y vivre, dit Marcelin.
Moi, même en me payant, j'irais pas, dit Dédé.

À propos, dit Émile, vous connaissez la différence entre Paris et une vierge ? Paris sera toujours Paris, s'esclaffa-t-il. Et il rit seul, un long moment, tout secoué de sanglots.
Moi j'ai pas le goût à rire, dit Gérard, malheureux d'une peine qui le dépassait infiniment.

Au téléphone, je ne soufflai mot à Mîna des trois SMS que j'avais reçus la veille et que j'aurais voulu jeter hors de ma tête, hors de ma vie, de sorte qu'ils soient emportés à tout jamais. Il m'en coûtait de taire, à la seule personne au monde en qui j'avais confiance et à la seule qui eût le pouvoir de me consoler, ces messages effrayants. Mais je ne voulais l'inquiéter en aucune façon.
Je lui proposai imprudemment (mais ce n'est qu'après, lorsque j'eus reconstitué mentalement le drame, que je réalisai mon imprudence) de venir me rejoindre au croisement de la route de Barogne et du chemin des Coquelicots. J'avais une telle hâte d'être auprès d'elle que je négligeai de prendre les précautions habituelles, notamment celle de ne jamais partir du village mais d'un lieu autre afin d'aller à sa rencontre sans courir le risque d'être repéré.
Il était 14 heures. Nous nous retrouvâmes peu après. Nous marchâmes jusqu'à notre pré, et nous nous allongeâmes sous un ciel impeccable dont le bleu nous apparaissait dans l'entrelacs des branches. Nous sommes les plantes du ciel, dis-je à Mîna, tant ce moment, après toutes ces angoisses, me semblait heureux.

Mîna me parla de toutes ces années passées sans jamais être allée sur des chemins sylvestres, d'où ma grosseur de sédentaire, remarqua-t-elle avec son petit rire gêné que je m'étais mis à aimer ; de toutes ces années où elle avait vécu sans le moindre contact avec les arbres, avec les herbes, avec les fleurs, avec les buissons et les ronces et tous les animaux qui s'y cachaient, comme s'ils avaient été totalement absents du monde.
Et loin des écureuils, ajoutai-je.
Et loin des écureuils, dit Mîna qui connaissait le vœu que j'avais formé juste avant de la connaître. C'est très précisément à ce moment-là, au moment où Mîna disait Et loin des écureuils, que je reçus un projectile sur ma jambe, puis un deuxième sur mon bras et un troisième au visage. Je me relevai, fou d'inquiétude, sans comprendre ce qui m'arrivait. Je reçus alors un autre projectile en pleine poitrine qui me coupa le souffle. Ce n'étaient Dieu merci que des mottes de terre. Clods
J'aidai aussitôt Mîna à se mettre debout en la tirant rudement par le bras, tandis que les projectiles pleuvaient sur nous dans des éclats de rire et des cris de victoire. Je la poussai sur le chemin en me mettant derrière elle pour la protéger de mon corps. Nous courûmes sur la sente aussi vite que nous le pouvions, mais Mîna peinait dans sa course en raison de sa corpulence et je peinais dans la mienne en regardant sans cesse vers l'arrière. Les branches des arbres fouettaient nos visages, les ronces et les genêts écorchaient nos mollets, nos pieds trébuchaient sur les cailloux et

les ornières, mais nous continuions de courir sans arrêt. Mîna dut heurter une racine d'arbre car elle tomba à terre de tout son long en poussant un cri. Je l'empoignai sans ménagement pour l'aider à se relever, je la poussai brutalement devant moi et je crois que je l'engueulai, peut-être même l'insultai-je. Nous continuâmes de courir à corps perdu, et juste avant d'arriver au croisement de la Vieille Chapelle, je vis mon écureuil, je le vis, j'en suis sûr, je le vis, oui je vis sa flamme rousse fulgurer à travers le feuillage, c'était lui, c'était bien lui, mais il m'apparaissait au moment le plus mal venu et le plus improbable, car j'avais l'impression d'être dans un film gore où aucun écureuil ne s'égare jamais. Malgré cette vision qui aurait dû, de joie, arrêter ma course, je ne ralentis pas mon allure et nous courûmes encore sans désemparer pendant un bon quart d'heure, haletants, la gorge nouée, la poitrine en feu. Puis les cris et les rires mêlés aux aboiements des chiens allèrent s'affaiblissant, les pneus des 4x4 crissèrent et les moteurs vrombirent, nous indiquant que les chasseurs s'en allaient enfin.

Nous continuâmes néanmoins de courir jusqu'à ce que nous eûmes rejoint la route asphaltée et aperçu les premières maisons qui, égarées çà et là, s'accrochaient fragilement à la terre pierreuse. Leur présence était le signe que nous étions parvenus dans le monde des hommes gouverné par les lois, plus rassurant tout de même (mais l'était-il vraiment ?) que la forêt que nous venions de fuir,

propice aux choses obscures, brutales, aux cruautés et à l'agitation des bêtes.
Nous débouchâmes à la hauteur du cimetière.
Nous nous arrêtâmes, suffocants, transis, en sueur. Nous regardâmes en tous sens pour vérifier que nous n'étions pas suivis. Nous tendîmes l'oreille aux bruits de la campagne toute bruissante de cigales. Mais aucun son inusité ne nous parvint, excepté celui de nos cœurs qui battaient à tout rompre.
Mîna frissonnait de tout son corps. Sa robe était déchirée et toute tachée de terre. Et sur sa jambe droite, du sang gouttait d'une longue griffure.
Pardon pardon pardon, lui dis-je, sans bien savoir ce qui devait m'être pardonné.
Et alors il se passa ceci :
moi qui étais totalement dépourvu du don des larmes, moi qui, par orgueil, par pudeur ou par dureté, n'avais pas versé un pleur devant le dernier regard de ma mère avant qu'elle ne ferme définitivement ses yeux, moi qui n'avais pas eu un sanglot à l'annonce de mon cancer le 14 juin 2014, ni à ma séparation d'avec Lucile une année plus tard, ni après mon éviction humiliante du Café des Sports, ni après la honte infecte qu'elle avait ranimée, j'éclatai en sanglots comme un enfant.
Et Mîna fut si stupéfaite, si décontenancée par mes pleurs, qu'elle en oublia ses frayeurs et m'étreignit longuement entre ses bras.
Ni les deuils, ni la maladie, ni les offenses ne m'avaient donc endurci comme je l'avais cru.
Je souffrais comme un débutant.

Je ne sais plus bien ce que je balbutiai à Mîna avant de la quitter. Je crois que je lui demandai, entre deux sanglots, de revenir chez elle et de me rayer à tout jamais de sa mémoire.
Quant à moi, je ne sais comment je pus retrouver le chemin du village.
Je crois que je courus encore, que je ne pus m'empêcher de courir jusqu'à ce que je me terre derrière les murs de ma chambre.
Je me souviens qu'en arrivant je m'effondrai sur le lit, vidé de toute force.
Je me souviens avoir pensé que rien, décidément rien, ne pourrait arrêter l'hostilité des habitants d'ici envers ceux qui venaient d'ailleurs, et ce quelles que fussent les raisons de leur exil. Que je devais renoncer à tout espoir de la comprendre jamais. Qu'elle avait tous les caractères de la passion, comme elle inexorable, comme elle incoercible, comme elle immaîtrisable et n'offrant aucune prise à la réflexion raisonnée. Qu'elle était une passion mauvaise où les pires ardeurs s'abreuvaient, et cette part épouvantée des hommes qui leur avait permis de concevoir l'Enfer. Qu'elle était peut-être aussi une forme de délire, mais de délire autorisé, de délire admis et même encouragé par certains, jusqu'à la frénésie.
Je passai, je crois, la plus horrible de mes nuits. Je me sentais perdu. Je veux dire mort.

On sait qu'il y eut, le lendemain de la battue, une violente altercation entre Augustin et son père Marcelin, patron du Café des Sports et président de la fédération de chasse.

On sait qu'Augustin fit irruption dans le café vers 19 heures, qu'il apostropha son père devant les clients attablés, qu'il lui jeta qu'il lui faisait honte, qu'il se comportait comme une ordure, que la sauvagerie et l'abjection de son comportement relevaient de la Justice, qu'elles ruinaient le crédit d'un village tout entier, et qu'il était écœuré au-delà de l'écœurement, dégoûté à vomir.

On sait qu'il le lui dit non pas en hurlant furieusement, mais sans élever le ton et d'une voix glaciale qui la faisait paraître d'autant plus violente. Sans mots grossiers ni injures, car Augustin, à la différence de son père, ne jurait jamais.

On sait qu'il lui demanda comment il pourrait se regarder en face jusqu'à la fin de ses jours s'il ne s'excusait pas d'un comportement aussi vil, comment il pourrait continuer à vivre comme si de rien n'était en ayant oublié que l'étranger, comme il l'appelait, et sa grosse pute, comme il l'appelait, étaient des êtres humains. Et il répéta plus fort : Des êtres humains, tu sais ce que ça veut dire, des êtres humains ?

On sait que tous les habitués du café restèrent interdits car ils n'avaient jamais vu personne tenir tête à Marcelin, jamais personne, pas même monsieur le maire, et que la dernière personne au monde qu'ils pensaient capable de le défier était précisément son fils, ce fils dont ils moquaient souvent (mais jamais devant le père) le corps fluet, les façons délicates, les goûts étranges, et le peu de succès qu'il obtenait auprès des filles.

On sait qu'ils eurent peur de la réaction du père. Ils connaissaient sa force et son impulsivité. Ils l'avaient vu, plus d'une fois, prendre à bras-le-corps et jeter à la rue comme on jette un paquet le fils Daguerre lorsqu'il était trop saoul.

On sait qu'ils eurent peur pour le fils.

On sait que certains pensèrent : Il va le tuer, il va le tuer.

On sait qu'ils ne surent, sur le moment, quel parti prendre.

On sait que la réaction si violente du fils (mais cela, ils ne l'avouèrent qu'après) les délivra d'une certaine façon du poids de leur forfait, car ils avaient confusément conscience qu'ils avaient commis une faute, même s'ils devaient s'obstiner à dire, par la suite, qu'il ne fallait y voir autre chose qu'une plaisanterie, une bonne blague, et qu'ils avaient canardé les deux amoureux histoire de rire et de s'amuser un peu, version qui, avec le temps, deviendrait la version officielle.

Toujours avec cette même violence froide, avec cette violence qui contrastait singulièrement avec la fragilité de son corps, son visage délicat et ses bras roses recouverts d'un duvet blond, Augustin demanda à son père de faire des excuses publiques aux deux jeunes gens qu'il avait humiliés avec sa bande de nazes.

Sans quoi, ajouta-t-il avec une résolution farouche qui était faite d'un mélange de rage, de révolte et de désespoir, sans quoi tu ne me reverras plus.

Puis, galvanisé par l'effet de stupeur qu'il avait produit sur les clients attablés, lui qui supportait sans un mot, depuis des années, les mises en boîte et les railleries blessantes que ces mêmes clients n'osaient dire devant son père, Bande de salauds, leur lança-t-il d'une voix froide et rageuse, Bande de lâches. Vous vous croyez forts, mais la force qui consiste à faire peur n'est rien que la force des faibles ! La force, la belle force, c'est celle qui incarne la raison et la

Il laissa sa phrase inachevée, comme si, la jugeant inutile, il ne se donnait pas la peine de la conclure. Il alla s'appuyer contre le mur d'entrée, toujours froid et rageur, très droit, la tête haute, les bras croisés, face au père qui se tenait immobile et muet derrière le comptoir, attendant avec une détermination inflexible que tombent les excuses et les regrets de ce dernier, comme s'il s'était préparé à ce moment pendant plus de vingt ans.

L'heure des comptes avait sonné, c'est ce que toute son attitude semblait dire. Il fallait que tous aient à l'esprit qu'un changement s'était opéré en lui qui le tenait ferme et assuré devant le père terrible, le père buté et punisseur devant lequel il avait si souvent tremblé, et que plus jamais, plus jamais, il ne se laisserait subordonner à la force qui écrase, fût-elle d'amour.

À présent, il lui résistait.

À présent, il se disait je me délivre, je me regagne. Et alors que les clients pétrifiés se préparaient à voir le cafetier, qui avait un grand sens du théâtre et aimait à ménager ses effets, faire une scène vociférante et donner une terrible correction à ce fils indocile qui osait le braver en public et lui faire perdre la face ;

alors que tous se demandaient en leur for intérieur s'ils devaient intervenir dans cette affaire en partie familiale ou s'en laver les mains en laissant le père attraper par le col son gringalet de fils et lui foutre une branlée dont il se souviendrait longtemps ;

ils virent Marcelin demeurer pensif et silencieux derrière son comptoir, avec un regard d'une fixité rêveuse, durant un temps qui leur parut interminable, puis ils le virent poser ses yeux songeurs sur Augustin et ils l'entendirent prononcer lentement, solennellement, d'une voix étrangement calme chez ce sanguin, cette phrase qui fut répétée et commentée des centaines de fois dans le village : Je suis fier de mon fils.

Seize mois ont passé depuis le grand retournement du cafetier dont je ne suis pas sûr qu'il durera longtemps, bien que je le souhaite de tout mon cœur pour la tranquillité d'Augustin évidemment, mais pas seulement, j'ai presque envie de dire : pour la tranquillité de tous.

J'ai interrompu mon journal. Mon urgence à écrire mes vicissitudes a disparu depuis que je suis parti du village et que les derniers scanners se sont avérés parfaitement normaux.

Hier, Mîna et moi avons envoyé à Augustin, qui a quitté le domicile familial et habite désormais à Barogne, une carte postale de la ville où j'ai emménagé, tout près de la frontière espagnole. Habiter près d'une frontière, c'est plus commode pour s'enfuir.

DU MÊME AUTEUR

La Déclaration
Julliard, 1990
Verticales, 1997
et « Points », n° P598

La Vie commune
Julliard, 1991
Verticales, 1999
et « Folio », n° 4547

La Médaille
Seuil, 1993
et « Points », n° P1148

La Puissance des mouches
Seuil, 1995
et « Points », n° P316

La Compagnie des spectres
prix Novembre
Seuil, 1997
et « Points », n° P561

Quelques conseils utiles aux élèves huissiers
Verticales, 1997

La Conférence de Cintegabelle
Seuil / Verticales, 1999
et « Points », n° P726

Les Belles Âmes
Seuil, 2000
et « Points », n° P900

Le Vif du vivant
(dessins de Pablo Picasso)
Cercle d'art, 2001

Et que les vers mangent le bœuf mort
Verticales, 2002

Contre
Verticales, « Minimales », 2002

Passage à l'ennemie
Seuil, 2003
et « Points », n° P1252

La Méthode Mila
Seuil, 2005
et « Points », n° P1513

Dis pas ça
Verticales-Phase deux, 2006

Portrait de l'écrivain en animal domestique
Seuil, 2007
et « Points », n° P2121

Petit traité d'éducation lubrique
Cadex, 2008, rééd. 2010
nouvelle édition :
« Points », 2016

BW
prix François-Billetdoux
Seuil, 2009
et « Points », n° P2886

Hymne
Seuil, 2011
et « Points », n° P2885

7 femmes
Perrin, 2013
et « Points », n° P3342

Pas pleurer
prix Goncourt
Seuil, 2014
et « Points », n° P4143

RÉALISATION : NORD COMPO À VILLENEUVE-D'ASCQ
IMPRESSION : CPI FRANCE
DÉPÔT LÉGAL : OCTOBRE 2018. N° 138729 (3029972)
IMPRIMÉ EN FRANCE

Éditions Points

Le catalogue complet de nos collections est sur Le Cercle Points, ainsi que des interviews de vos auteurs préférés, des jeux-concours, des conseils de lecture, des extraits en avant-première…

www.lecerclepoints.com

DERNIERS TITRES PARUS

P4853. Danser dans la poussière, *Thomas H. Cook*
P4854. Les Pleureuses, *Katie Kitamura*
P4855. Pacifique, *Tom Drury*
P4856. Sheppard Lee, *Robert Montgomery Bird*
P4857. Me voici, *Jonathan Safran Foer*
P4858. Motel Lorraine, *Brigitte Pilote*
P4859. Missing : New York, *Don Winslow*
P4860. Une prière pour Owen, *John Irving*
P4861. Minuit sur le canal San Boldo, *Donna Leon*
P4862. « Elles sont ma famille. Elles sont mon combat » : l'affaire de Bobigny, 1972 *suivi de* « Vous avez trouvé 11,9 mg d'arsenic » : l'affaire Besnard, 1952
Emmanuel Pierrat
P4863. « Vous injuriez une innocente » : l'affaire Grégory, 1993 *suivi de* « Si Violette a menti » : l'affaire Nozière, 1934
Emmanuel Pierrat
P4864. « Ils ne savent pas tirer » : l'affaire du Petit-Clamart, 1963 *suivi de* « On aime trop l'argent » : l'affaire Stavisky, 1935
Emmanuel Pierrat
P4865. Paul McCartney, *Philip Norman*
P4866. Poésie, *Arthur H.*
P4867. Chansons que tout cela, *Anne Sylvestre*
P4868. Justice soit-elle, *Marie Vindy*
P4869. Sous son toit, *Nicole Neubauer*
P4870. J'irai mourir sur vos terres, *Lori Roy*
P4871. Sur la route 66, *Stéphane Dugast*
P4872. La Serpe, *Philippe Jaenada*
P4873. Point cardinal, *Léonor de Récondo*
P4875. Utopia XXI, *Aymeric Caron*
P4876. Les Passeurs de livres de Daraya. Une bibliothèque secrète en Syrie, *Delphine Minoui*
P4877. Patron du RAID. Face aux attentats terroristes
Jean-Michel Fauvergue, Caroline de Juglart

P4878.	Tu le raconteras plus tard, *Jean-Louis Debré*
P4879.	Retiens la vie, *Charles Aznavour*
P4880.	Tous ces chemins que nous n'avons pas pris *William Boyd*
P4881.	Vulnérables, *Richard Krawiec*
P4882.	La Femme de l'ombre, *Arnaldur Indridason*
P4883.	L'Année du lion, *Deon Meyer*
P4884.	La Chance du perdant, *Christophe Guillaumot*
P4885.	Demain c'est loin, *Jacky Schwartzmann*
P4886.	Les Géants, *Benoît Minville*
P4888.	J'ai toujours aimé la nuit, *Patrick Chamoiseau*
P4889.	Mindhunter. Dans la tête d'un profileur *John Douglas, Mark Olshaker*
P4890.	En cœur à cœur avec Dieu. Mes plus belles prières *Guy Gilbert*
P4891.	Le Choix du cœur. Enseignements d'une sage d'aujourd'hui, *Mata Amritanandamayi*
P4892.	Baïkal-Amour, *Olivier Rolin*
P4893.	L'Éducation de Jésus, *J.M. Coetzee*
P4894.	Tout homme est une nuit, *Lydie Salvayre*
P4895.	Le Triomphe de Thomas Zins, *Matthieu Jung*
P4896.	Éléphant, *Martin Suter*
P4897.	La Fille tatouée, *Joyce Carol Oates*
P4898.	L'Affreuse Embrouille de via Merulana *Carlo Emilio Gadda*
P4899.	Le monde est rond, *Gertrude Stein*
P4900.	Pourquoi je déteste Noël, *Robert Benchley*
P4901.	Le Rêve de ma mère, *Anny Duperey*
P4902.	Mes mots sauvages, *Geneviève Brisac*
P4903.	La Fille à histoires, *Irène Frain*
P4905.	Questions de caractère, *Tom Hanks*
P4906.	L'Histoire de mes dents, *Valeria Luiselli*
P4907.	Le Dernier des yakuzas, *Jake Adelstein*
P4909.	Dylan par Dylan. Interviews 1962-2004 *Bob Dylan*
P4910.	L'Échappé belge. Chroniques et brèves *Alex Vizorek*
P4911.	La Princesse-Maïs, *Joyce Carol Oates*
P4912.	Poèmes choisis, *Renée Vivien*
P4913.	D'où vient cette pipelette en bikini qui marivaude dans le jacuzzi avec un gringalet en bermuda? Dico des mots aux origines amusantes, insolites ou méconnues, *Daniel Lacotte*
P4914.	La Pensée du jour, *Pierre Desproges*
P4915.	En radeau sur l'Orénoque, *Jules Crevaux*